स्वभाषा लाओ अंग्रेजी हटाओ

डॉ. वेदप्रताप वैदिक

प्रभात
प्रकाशन

इस पुस्तक से लेखक अपनी लेखक वृत्ति नहीं लेंगे और प्रकाशक कोई लाभ नहीं लेंगे। इस पुस्तक से यदि कोई आय हुई तो उसका उपयोग 'स्वभाषा अभियान' के लिए किया जाएगा।

प्रकाशक • **प्रभात प्रकाशन प्रा. लि.**
4/19 आसफ अली रोड,
नई दिल्ली–110002

संस्करण • 2025
मूल्य • सौ रुपए
मुद्रक • आर–टेक ऑफसेट प्रिंटर्स, दिल्ली

इ–मेल : prabhatbooks@gmail.com अ.मा.पु.सं. 978-93-5048-592-7

पहली बात

यह पुस्तक मूल रूप से मेरे भाषणों का संग्रह है। अब से लगभग 45–48 वर्षपूर्व देश के कई विश्वविद्यालयों और संगठनों ने भाषा के सवाल पर मेरे भाषण रखवाए थे। उन भाषणों को टेप करके इंदौर के मेरे साथियों ने उन्हें 'अंग्रेजी हटाओ : क्यों और कैसे' नाम से छपवा दिया था। उन दिनों हिंदी पुस्तकों की साल–दो साल में यदि 500 प्रतियाँ बिक जातीं तो बड़ी बात मानी जाती थी, उन्हीं दिनों इसके पहले संस्करण की दस हजार प्रतियाँ एक ही हफ्ते में बिक गईं। इस पुस्तिका को सर्वश्री विनोबा भावे, गुरु गोलवलकर, जैनेंद्र कुमार, रामधारीसिंह दिनकर, डॉ. संपूर्णानंद, भवानीप्रसाद मिश्र जैसे अनेक विद्वानों और साहित्यकारों ने बहुत ही पसंद किया। स्व. श्री हेमवतीनंदनजी बहुगुणा और श्री मुलायमसिंहजी यादव को तो इस पुस्तक के कई अंश कंठस्थ हो गए थे। इस पुस्तक को सर्वश्री राजनारायणजी, मधु लिमयेजी और सरसंघचालक रज्जू भैयाजी व सुदर्शनजी अपने कार्यकर्ताओं में बँटवाया करते थे। राष्ट्रपति ज्ञानी जैलसिंह इस पुस्तक के कई अंशों को राष्ट्रपति के अभिभाषणों में उद्धृत करते रहे। अनेक पत्रिकाओं ने इस पुस्तक को लेखमाला की तरह छापा है। यह पुस्तक देश के आर्य समाजियों, समाजवादियों, राष्ट्रीय स्वयंसेवक संघ के स्वयंसेवकों और गांधीवादियों में समान रूप से लोकप्रिय हो गई थी। इसके तथ्यों और तर्कों ने वामपंथी विचारकों को भी प्रभावित किया।

इस पुस्तक के कई संस्करण प्रकाशित हुए। कई कार्यकर्ताओं ने इसे स्वयं ही प्रकाशित किया और बेचा भी। प्रभात प्रकाशन ने भी लाभ न लेते हुए इसके अनेक संस्करण प्रकाशित कर लागत मूल्य पर उपलब्ध करवाए। इसका अंतिम संस्करण उन्होंने 1993 में छापा था। मैंने इस पुस्तक पर न तो कभी कोई

लेखकवृत्ति ली और न ही कोई स्वत्वाधिकार रखा। इसके बारे में यही नीति रखी कि इसे जो चाहे सो छापे। जहाँ एक पुस्तक पहुँचती, वहाँ से सैकड़ों प्रतियों की माँग आ जाती। आपातकाल के दिनों में जब मैं 'नवभारत टाइम्स' का संपादकीय पृष्ठ देखता था, तब एक केंद्रीय मंत्री ने इसी पुस्तक का अंश अपने नाम से मेरे पास छपने भेज दिया। मैंने उस लेख पर उनका नाम रहने दिया और उसे छाप दिया। मुझे खुशी है कि इस पुस्तक को बहुत से अहिंदी भाषियों ने भी खूब सराहा। उन्होंने अपने आप इसके अनुवाद किए और छपवा दिए। जहाँ तक मेरी जानकारी है, इसके उर्दू, पंजाबी, गुजराती, मराठी, तमिल, तेलुगू, कोंकणी, संस्कृत, मलयालम, असमिया, बांग्ला और कन्नड़ अनुवाद छप चुके हैं। कुछ मित्रों की इच्छा है कि इसके फ्रांसीसी और अंग्रेजी अनुवाद भी छपें।

ज्यादा खुशी की बात यह है कि प्रसिद्ध जैन मुनि आचार्य विद्यासागरजी को यह पुस्तक उनके किसी भक्त ने पढ़ने को दे दी। उन्होंने मुझसे तत्काल मिलने की इच्छा प्रकट की और कहा कि इसकी एक लाख प्रतियाँ तुरंत छापी जाएँ और उन्हें पूरे देश में भेजा जाए। श्रद्धेय मुनिवर की इच्छा को साकार करने का शुभारंभ इस संस्करण से हो रहा है।

मुनिजी खुद कन्नड़भाषी हैं। विद्वान् और कवि हैं। यदि देश के सभी साधु-संन्यासी मुनि विद्यासागरजी की तरह दृढ़संकल्प कर लें तो हमारे करोड़ों नौजवानों के गले पर कसा जा रहा अंग्रेजी का फंदा जरा ढीला हो जाए और भारतीय संस्कृति की जड़ खुदने से रुक जाए। सारा देश अगले पाँच साल में साक्षर हो जाए। भारत को यदि महाशक्ति बनना है तो उसे विदेशी भाषा की गुलामी छोड़नी होगी। आज तक दुनिया का कोई भी ऐसा राष्ट्र महाशक्ति नहीं बन पाया है, जिसमें किसी विदेशी भाषा का वर्चस्व रहा हो। भारतीय भाषा सम्मेलन भारत में अंग्रेजी के एकाधिकार और वर्चस्व का विरोध करता है, लेकिन वह विविध देशी एवं विदेशी भाषाएँ सीखने-सिखाने का समर्थन करता है।

मैं चाहता हूँ कि देश के कम-से-कम दस करोड़ लोग अपने हस्ताक्षर अंग्रेजी से बदलकर भारतीय भाषाओं में कर दें। मुनिजी के कई शिष्यों ने खबर भिजवाई है कि उन्होंने मुनिजी के आदेशानुसार अपने हस्ताक्षर अंग्रेजी से बदलकर हिंदी में कर दिए हैं। यह तो सिर्फ शुरुआत है। अब बात निकली है तो यह बहुत दूर तलक जाएगी।

मुझे सबसे ज्यादा खुशी तब होगी, जब इस पुस्तक के पाठक सारे देश में जबरदस्त आंदोलन खड़ा कर देंगे। क्रांतिकारी विचारों को लिख देना और पढ़ लेना ही काफी नहीं है। उन्हें अमल में लाना सबसे ज्यादा जरूरी है। मुझे विश्वास है कि इस पुस्तक की लाखों प्रतियाँ जब हमारी युवा पीढ़ी के हाथों में जाएँगी तो वह भाषाई गुलामी का जुआ अपने आप उतार फेंकेगी। विचारों की ताकत किसी परमाणु बम से कम नहीं होती।

—वेदप्रताप वैदिक

10 फरवरी, 2014

भारतीय भाषा सम्मेलन

242, सेक्टर 55, गुड़गाँव-122011

अनुक्रम

'अंग्रेजी हटाओ' का मतलब

स्वभाषा अभियान और अंग्रेजी हटाओ आंदोलन, ये दोनों एक ही सिक्के के दो पहलू हैं। अंग्रेजी हटाओ का मतलब यह कतई नहीं है कि हमें अंग्रेजी से नफरत है। किसी भी भाषा या साहित्य से कोई मूर्ख ही नफरत कर सकता है। यदि कोई स्वेच्छा से अंग्रेजी या दुनिया की अन्य भाषाएँ पढ़ना चाहे, उनके माध्यम से ज्ञान का दोहन करना चाहे तो हमें प्रसन्नता ही होगी। लेकिन आपत्ति तब उपस्थित होती है जब ज्ञान के एक साधन को रुतबे का, विशेषाधिकार का, शोषण का हथियार बना लिया जाए।

अंग्रेजी हटाओ आंदोलन अंग्रेजी का नहीं, बल्कि उसके रुतबे का, विशेषाधिकार का, उसकी शोषणकारी प्रवृत्ति का विरोधी है। इसलिए हमने कहा कि 'अंग्रेजी हटाओ'। हमने यह कभी नहीं कहा कि 'अंग्रेजी मिटाओ'।

अब सवाल यह है कि अंग्रेजी कहाँ से हटे? न्यायालय से हटे, राज-काज से हटे, कारखानों से हटे, फौज से हटे, अस्पताल से हटे, पाठशाला-प्रयोगशाला से हटे, घर-द्वार-बाजार से हटे। हटकर कहाँ जाए? पुस्तकालयों में जाए, विदेशी भाषा-शिक्षण संस्थाओं में जाए। वहाँ भी सारी जगह घेरकर पसरे नहीं। दुनिया की अन्य भाषाओं के लिए भी थोड़ी-थोड़ी जगह खाली करे। हटना उसे सभी जगह से पड़ेगा। कहीं से थोड़ा, कहीं से ज्यादा।

लुधियाना के कुछ प्राध्यापक बंधुओं ने मुझसे कहा कि 'अंग्रेजी हटाओ' में से निषेधात्मकता की गंध आती है। यह 'निगेटिव' नारा है। मैंने पूछा कि अहिंसा क्या है, अस्तेय क्या है, अपरिग्रह क्या है, अद्वैत क्या है? क्या ये सब

निषेध के सिद्धांत नहीं हैं? महात्मा गांधी का 'असहयोग' क्या था? इंदिरा गांधी का 'गरीबी हटाओ' क्या था? क्या ये नारे निषेधात्मक नहीं थे।

निषेध से डरिए मत। सृष्टि के नियम को समझिए। बिना ध्वंस के निर्माण नहीं हो सकता। छोटा-सा मकान भी बनाना हो तो नींव खोदनी पड़ती है। जो खुदाई के डर से नींव नहीं डालता, उसके मकान का अंजाम क्या होगा? वही होगा जो पिछले 66 वर्षों में हिंदी का हुआ। हिंदीवाले लोग अंग्रेजी को हटाए बिना हिंदी को लाना चाहते थे। नतीजा क्या हुआ? अंग्रेजी अपने स्थान पर जमी रही और हिंदी तथा अन्य भारतीय भाषाओं में एक नकली लड़ाई चल पड़ी।

अंग्रेजी हटाओ आंदोलन इस नकली लड़ाई का विरोध करता है। वह समस्त भारतीय भाषाओं को अंग्रेजी के वर्चस्व के विरुद्ध एक सशक्त चट्टान की तरह खड़ा करना चाहता है। जब तक अंग्रेजी नहीं हटती, भारतीय भाषाएँ एक नहीं होंगी।

□

> भारत में अंग्रेजी माध्यम की शिक्षा-प्रणाली चलाकर ब्रिटेन ने भारत का सबसे ज्यादा नुकसान किया है। भव्य लोगों की आत्माओं में हीनता की भावना भरकर उन्हें नकलची बना दिया है।
>
> **–डब्ल्यू. बी. यीट्स**
>
> (अंग्रेजी के प्रसिद्ध कवि)

हिंदी लादने का विरोध

अंग्रेजी हटाओ आंदोलन और हिंदी चलाओ आंदोलन में भी बुनियादी फर्क है। हिंदी आंदोलनवाले लोग चाहते हैं कि अंग्रेजी का स्थान हिंदी ले ले। उन्हें इस बात की चिंता नहीं है कि अंग्रेजी की तरह हिंदी भी शोषण का, विशेषाधिकार का और रुतबे का हथियार बन सकती है। अगर हिंदी के आने का नतीजा यह हो कि अन्य भाषावालों के लिए नौकरियों का, अवसरों का, आगे बढ़ने का मार्ग दुर्गम हो जाए तो फिर हिंदी को लाने से फायदा क्या हुआ ? वह भी अंग्रेजी की तरह देश में गैर-बराबरी बढ़ाएगी। फर्क इतना होगा कि आज अंग्रेजी के कारण जहाँ दो-चार प्रतिशत लोग सारे देश को रौंद रहे हैं, वहाँ 40 प्रतिशत लोग बाकी 60 प्रतिशत लोगों के साथ अन्याय करेंगे। हम हर अन्याय के विरुद्ध लड़ना चाहते हैं, चाहे वह छोटा हो या बड़ा। मैं नहीं चाहता कि मेरी मातृभाषा वही घिनौना कार्य करे जो कि अंग्रेजी कर रही है। इसीलिए हम सारे देश में हिंदी को थोपने के विरोधी हैं।

इसका मतलब यह नहीं है कि हमने सारे देश को जोड़नेवाली भाषा के सवाल पर विचार नहीं किया है। सारे देश को जोड़नेवाली भाषा कोई भी भारतीय भाषा हो सकती है। लेकिन इस काम के लिए हिंदी सबसे अधिक अनुकूल भाषा होगी, क्योंकि किसी भी एक भाषा की तुलना में इसके बोलनेवाले सबसे ज्यादा हैं, इसकी लिपि—देवनागरी—सरल और वैज्ञानिक है तथा यह भाषा भारत के सबसे बड़े इलाके में बोली जाती है। भारत के विभिन्न भाषाभाषी लोग, जो अंग्रेजी नहीं जानते, वे आपस में हिंदी का ही व्यवहार करते हैं। विदेशों में रहनेवाले लगभग दो करोड़ भारतीय लोग यदि आपस में किसी भारतीय भाषा में संवाद करना चाहें तो वह हिंदी ही होती है। जहाँ तक हिंदी

देश की सारी भाषाओं को जोड़ती है, वहाँ तक हिंदी को लाने में हमें कोई एतराज नहीं है। लेकिन हिंदी अन्य भाषाओं का हक मारे, यह उचित नहीं है।

हर प्रदेश में उस प्रदेश की भाषा पूरी तरह से चलनी चाहिए। केंद्र में भी प्रदेशों से आनेवाले लोगों को अपनी-अपनी भाषा के जरिए नौकरी पाने, संसद् में बोलने, न्याय पाने और शिक्षा पाने का पूरा अधिकार होना चाहिए। उन्नति के अवसरों में हिंदी को आड़े नहीं आना चाहिए। हिंदी का काम केवल विभिन्न भाषा-भाषियों के बीच संपर्क स्थापित करना है। केंद्रीय सरकार और केंद्रीय संस्थानों का अपने तईं सारा काम-काज केवल हिंदी में चल सकता है, चलना चाहिए। लेकिन प्रदेशों से उनकी भाषा में आनेवाले पत्रों को केंद्र के द्वारा न केवल स्वीकार किया जाना चाहिए, बल्कि उन्हीं की भाषा में उन पत्रों का जवाब दिया जाना चाहिए। किसी व्यक्ति, संस्था या प्रादेशिक सरकार को इसलिए घाटे में नहीं रखा जाना चाहिए कि वह हिंदी में प्रवीण नहीं है।

इस कार्य को कम खर्चीला और सुगम बनाने के लिए यह आवश्यक है कि हर सरकारी विभाग के साथ कुछ अनुवादक संलग्न कर दिए जाएँ। ऐसे अनुवादक भी हो सकते हैं, जो कि तीन-तीन, चार-चार, पाँच-पाँच भाषाएँ एक साथ जानते हों। इन अनुवादकों पर होनेवाला खर्च अनिवार्य अंग्रेजी को चलाए रखने के लिए होनेवाले खर्च से निश्चित रूप से कम होगा।

सोवियत संघ और यूरोप के उन देशों में जहाँ अनेक भाषाएँ बोली जाती हैं, वहाँ ऐसा ही किया जाता है। कोई भी देश अनुवाद के खर्चे के डर से किसी विदेशी भाषा को अपने आप पर नहीं लादता। देशी भाषाओं की सांस्कृतिक और ऐतिहासिक पृष्ठभूमि एक होने के कारण उनमें परस्पर अनुवाद करना इतना सरल होता है कि कुछ ही वर्षों में बहुत से लोग अपने आप कई भाषाएँ सीख जाते हैं और फिर अनुवादकों की जरूरत नहीं रहती, जैसा कि स्विट्ज़रलैंड और यूगोस्लाविया में हुआ है।

इस तर्क पर यह आपत्ति की जा सकती है कि सरकार अपना समय राज-काज में लगाए या वह इन भाषाओं के चक्कर में पड़ जाए। मैं पूछता हूँ कि अगर जनता से सीधे उसकी जुबान में उसका दुःख-दर्द नहीं सुनोगे और सीधे उसकी जुबान में उसकी समस्याओं का समाधान नहीं दोगे तो अच्छा और सच्चा राज-काज कैसे चलाओगे? नकली समस्याओं और उनके नकली समाधानों का राज-काज तो इस देश में पिछले 66 साल से चल ही रहा है।

अगर आप देश के एक औसत आदमी को यह विश्वास दिलाएँगे कि बड़े-से बड़े स्तर पर भी उसकी भाषा को नीचा नहीं देखना पड़ेगा तो कामचलाऊ हिंदी सीखने में उसे जरा भी एतराज नहीं होगा। आज दक्षिण का आदमी हिंदी का विरोध क्यों करता है? सिर्फ इसलिए कि उसे डर है कि उसकी नौकरियाँ चली जाएँगी। वह अवसरों की दौड़ में पिछड़ जाएगा। हिंदी आंदोलन ने 'हिंदी'-'हिंदी' चिल्लाकर इस डर को बढ़ाया है। इस डर को पुख्ता तौर पर खत्म किया जाना चाहिए। यह डर तभी खत्म होगा जबकि अंग्रेजी हटेगी। अंग्रेजी हटेगी तो उत्तर भारत के लोग दक्षिण की भाषाएँ सीखेंगे। अंग्रेजी रहती है तो उत्तर भारत के लोग सोचते हैं कि तमिल, तेलुगु, कन्नड़, मलयालम सीखकर क्या करेंगे? अंग्रेजी में ही बात कर लेंगे। इसी प्रकार दक्षिणवाले भी सोचते हैं। जब अंग्रेजी में काम चलता है तो हिंदी क्यों सीखें? इस प्रकार अंग्रेजी की कृपा से उत्तर-दक्षिण के बीच सच्चा मेल-मिलाप ही नहीं होता।

अंग्रेजी के जरिए जो नकली मेल-मिलाप होता है, वह भी कितने लोगों का? चार-पाँच प्रतिशत लोगों का भी नहीं। इन्हीं चार-पाँच प्रतिशत लोगों का काम चल रहा है। बाकी 95 प्रतिशत लोगों का काम ठप्प है। उनके जीवन में अँधेरा-ही-अँधेरा है। अँधेरेवाले लोगों में दक्षिण और उत्तर की सभी साधारण जनता शामिल है। स्वभाषा अभियान देश के करोड़ों लोगों को अँधेरे से उजाले की ओर ले जाना चाहता है। वह उत्तर और दक्षिण में, पूरब और पश्चिम में कोई भेद नहीं करता। उसके लिए सारे देश की गरीब, ग्रामीण, दमित, पीड़ित, विपन्न जनता एक है। वह इस सामान्य जनता की भाषाओं को आगे लाना चाहता है और एक छोटे-से-छोटे आदमी के दिल में भी यह अहसास पैदा करना चाहता है कि वह अपनी भाषा के जरिए बड़े-से-बड़े पद पर पहुँच सकता है।

□

जब एक बार शराब पीने की आदत पड़ जाती है तो किसी-न-किसी रूप में कानून का सहारा लेना पड़ता है। आज अंग्रेजी शराब से भी ज्यादा नुकसान कर रही है और अंग्रेजी बंदी शराबबंदी से भी ज्यादा जरूरी है।

–डॉ. राममनोहर लोहिया

मानव मात्र की मुक्ति

इसी आधार पर मैं कहता हूँ कि स्वभाषा लाओ और अंग्रेजी हटाओ आंदोलन मनुष्य मात्र की मुक्ति का आंदोलन है। पृथ्वी के किसी भी हिस्से पर यदि किसी भी मनुष्य की आत्माभिव्यक्ति का गला घोंटा गया तो अंग्रेजी हटाओ आंदोलन चुप नहीं बैठेगा। इसीलिए इस आंदोलन ने तत्कालीन पूर्वी पाकिस्तान में बाँग्ला का, श्रीलंका में सिंहली और तमिल का, अफगानिस्तान में पश्तो और फारसी का, तन्जानिया में स्वाहिली का और उरुग्वे में गोरानी भाषा का सदा समर्थन किया है।

हमने यह कभी नहीं कहा कि हम इंग्लैंड से अंग्रेजी हटाना चाहते हैं, लेकिन हम यह जरूर चाहते हैं कि वहाँ स्कॉट, वेल्श और आयरिश लोगों को अपनी भाषाओं का प्रयोग करने दिया जाए। हम यह भी नहीं चाहते कि अमेरिका से अंग्रेजी हटे, लेकिन हम यह अवश्य चाहते हैं कि चीनी, हिस्पानी, भारतीय, प्यूरटोरिकी और इतावली मूल के लोगों पर अंग्रेजी थोपी नहीं जाए। उन्हें अपने घरों में भी अंग्रेजी के इस्तेमाल के लिए मजबूर न किया जाए। यह संयोग की बात है कि हिंदुस्तान में अंग्रेजी एक दमनकारी भूमिका अदा कर रही है। उसके स्थान पर फ्रांसीसी, फारसी, हिस्पानी, डच आदि कोई भी भाषा हो सकती थी। जो भी होती, हम उसका उतना ही डटकर विरोध करते, जितना कि अंग्रेजी का कर रहे हैं।

दूसरे शब्दों में, अंग्रेजी हटाओ आंदोलन का लक्ष्य किसी भाषा-विशेष के विरुद्ध हाथ धोकर पीछे पड़ जाना नहीं है, बल्कि उस दमनकारी प्रवृत्ति का विरोध करना है। जिसके कारण एक छोटा सा तबका अपने स्वार्थों के लिए करोड़ों लोगों के हितों को हानि पहुँचाता है और इस

निकृष्ट कर्म को करने के लिए भाषा को एक हथियार के रूप में इस्तेमाल करता है।

स्वभाषा लाओ और अंग्रेजी हटाओ आंदोलन किसी राजनैतिक दल-विशेष का आंदोलन नहीं है। इसमें सभी दलों, सभी तबकों, सभी विचारों, सभी उपासना पद्धतियों, सभी प्रांतों और सभी भाषाओ के लोगों का स्वागत है। इसके द्वार सभी के लिए खुले हैं। जो चाहे सो आए।

□

जब तक भारतीय संसद् के वाद-विवाद अंग्रेजी में चलते रहेंगे, देश की राजनीति का जनता से कोई सरोकार नहीं होगा और वह एक छोटे से वर्ग की बपौती बनकर रह जाएगी।

—गुन्नार मीर्डल

(स्वीडन के प्रसिद्ध समाजशास्त्री)

अंग्रेजी क्यों हटाएँ?

भारत से अंग्रेजी को हटाने का औचित्य सिद्ध करने के लिए यह आवश्यक है कि उन तर्कों की चीर-फाड़ की जाए, जो अंग्रेजी को बनाए रखने के पक्ष में दिए जाते हैं।

विश्व-भाषा होने का भ्रम

यह कहा जाता है कि यदि हिंदुस्तान से अंग्रेजी चली गई तो सारी दुनिया से भारत का संपर्क टूट जाएगा। अंग्रेजी ऐसी खिड़की है जिससे झाँककर भारत दुनिया की तरफ देखता है। अंग्रेजी विश्व-भाषा है। अंग्रेजी को हटानेवाले लोग भारत को एक संकुचित देश बना देंगे, एक बंद देश बना देंगे।

इस प्रकार का तर्क वही लोग देते हैं, जिन्होंने इंग्लैंड और अमेरिका के अलावा कोई दूसरा देश देखा तक नहीं है या अपने जीवन में अंग्रेजी के अलावा कोई भी अन्य विदेशी भाषा पढ़ी तक नहीं है। बेचारे कुएँ के मेंढ़क की दुनिया आखिर कितनी बड़ी होगी? कुएँ से बाहर निकले तो दुनिया का कुछ पता भी चले। हिंदुस्तान का एक औसत पढ़ा-लिखा आदमी अंग्रेजी तालीम की देन है। पिछले दो सौ साल से वह अंग्रेजी के कुएँ में पड़ा-पड़ा टर्रा रहा है। उसे पता नहीं कि इस कुएँ के बाहर फ्रांसीसी, जर्मन, रूसी, चीनी, हिस्पानी, जापानी और फारसी आदि भाषाओं की एक समृद्ध और रंग-बिरंगी दुनिया भी बसी हुई है। अंग्रेजी तो दुनिया के सिर्फ साढ़े चार देशों की भाषा है। अमेरिका, ब्रिटेन, न्यूजीलैंड और आस्ट्रेलिया। आधे कनाडा में फ्रांसीसी बोली जाती है। अंग्रेजी के गढ़ ब्रिटेन में भी उसके आयरिश, वेल्श

और स्कॉट लोग अंग्रेजी बोलना पसंद नहीं करते। अमेरिका में भी दो-तीन विदेशी मूल के ऐसे लोग हैं, जो अंग्रेजी में काफी असुविधा महसूस करते हैं। ताजा आँकड़ों के अनुसार 10 प्रतिशत से ज्यादा लोग अमेरिका में ऐसे हैं, जो अंग्रेजी नहीं जानते।

अंग्रेजी के प्रति एकांगी प्रेम का परिणाम यह हुआ है कि भारत अपने पुराने मालिक इंग्लैंड से और उसके नए उत्तराधिकारी अमेरिका से (एक पिछलग्गू की हैसियत में) काफी अच्छी तरह से जुड़ गया, लेकिन बाकी दुनिया से उसके सीधे रिश्ते कायम नहीं हो पाए। अंग्रेजों के कुछ पुराने गुलाम देशों जैसे—पाकिस्तान, बर्मा, श्रीलंका, घाना आदि तथा जहाँ अंग्रेज जाकर बस गए, ऐसे देशों, जैसे—अमेरिका, कनाडा, आस्ट्रेलिया आदि को छोड़कर दुनिया के किसी भी देश में अंग्रेजी का इस्तेमाल नहीं होता। और पुराने गुलाम देशों में भी अंग्रेजी का इस्तेमाल सिर्फ नौकरशाह और अंग्रेजी तालीम-याफ्ता लोग करते हैं। उनकी संख्या प्राय: पाँच-सात प्रतिशत से भी कम होती है। ऐसी स्थिति में अंग्रेजी को विश्व-भाषा कहना तथ्यों को झुठलाना है।

अंग्रेजी को विश्व-भाषा मान लेने का दुष्परिणाम यह हुआ कि दुनिया के हर देश के साथ हम अंग्रेजी में व्यवहार करते हैं, चाहे उसकी भाषा जर्मन हो, रूसी हो, चीनी हो या फारसी। हर रोग का हमारे पास एक ही इलाज है—जमालघोटा! इसी का नतीजा है कि श्रीमती विजयलक्ष्मी पंडित जब राजदूत का पद ग्रहण करने रूस गईं तो उनके अंग्रेजी में लिखे परिचय-पत्र को स्तालिन ने उठाकर फेंक दिया और पूछा कि क्या आपकी अपनी कोई भाषा नहीं है? इसी का परिणाम है कि जिन देशों में हमारे राजदूतों को नियुक्त किया जाता है, वे उन देशों की भाषा नहीं सीखते और अंग्रेजी में काम चलाने की असफल कोशिश करते रहते हैं। उस देश के राजनीतिज्ञ क्या सोचते हैं, उस देश की जनता का विचार-प्रवाह कहाँ जा रहा है, उस देश के अखबार क्या लिख रहे हैं, यह हमारे राजदूतों को तभी पता चल सकता है और जल्दी और ठीक-ठीक पता चल सकता है, जबकि वे स्थानीय भाषाएँ जानते हों।

प्राय: यह होता है कि या तो वे दुभाषिए के जरिए सूचनाएँ और गुप्त

जानकारियाँ इकट्ठा करते हैं या तब तक हाथ-पर-हाथ धरे बैठे रहते हैं, जब तक कि लंदन और न्यूयॉर्क के अंग्रेजी अखबार उन्हें पढ़ने को न मिलें। घटनाएँ हंगरी और चेकोस्लावाकिया में घटें, उनकी आँख के सामने घटे और बुदापेस्त और प्राहा में बैठे हमारे राजदूत उन घटनाओं पर तब तक अपनी रपट नई दिल्ली को नहीं भेजें जब तक कि उन्हें 'लंदनिया' विवरण प्राप्त नहीं हो तो इससे बढ़कर विडंबना क्या होगी? ऐसा इसलिए होता है कि वे भाषीय तौर पर अपाहिज हैं। वे अंग्रेजी की बैसाखी के सहारे चलते हैं। नकली बैसाखियाँ असली पैरों से भी अधिक प्यारी हो गई हैं। जो कौम बैसाखियों पर चलती है, वह हजार साल की यात्रा के बावजूद भी स्वयं को उसी स्थान पर खड़ा हुआ पाती है, जहाँ से उसने पहला कदम उठाया था।

अंग्रेजी को विश्व-भाषा मानने के भ्रम के कारण हमारे देश के बौद्धिकों को दुनिया में क्या चल रहा है, इसका पता काफी देर से चलता है। और कभी-कभी गलत ढंग से पता चलता है। उसका कारण हमारा अंग्रेजी पर निर्भर रहना है। लातीनी अमेरिका में यदि कोई क्रांति होती है तो उसे हम बोलिविया या क्यूबा से निकलनेवाले हिस्पानी अखबारों के द्वारा नहीं जानते, बल्कि अंग्रेजी भाषा के विदेशी समाचार-पत्रों और पत्रिकाओं के द्वारा जानते हैं। जब तक अंग्रेजी अखबार उन घटनाओं की रपट नहीं छापें, हम अज्ञान में रहने के लिए विवश हैं, क्योंकि अंग्रेजी के चक्कर में हिंदुस्तान का आदमी हिस्पानी या गोरानी भाषा तो सीखता नहीं है। इसके अलावा विदेश का अंग्रेजी अखबार जब लातीनी अमेरिका या अन्य देश की खबर छापता है तो उसे अपने देश के हित के मुताबिक तोड़ता-मरोड़ता है।

चीन के बारे में हमारे देश में बहुत सी गलतफहमियाँ क्यों फैलीं? इसी कारण कि हम चीनी अखबार और पत्रिकाएँ तो पढ़ते नहीं, हाँ, चीन के बारे में लंदन और न्यूयॉर्क के अखबार जो कुछ छापते हैं, उसे हम ज्यों-का-त्यों निगल जाते हैं। अंग्रेजी के एकाधिकार के कारण सारी दुनिया को हमें अमेरिकी या ब्रिटिश चश्मा चढ़ाकर देखना पड़ता है। हमारी अपनी स्वतंत्र और निष्पक्ष राय किसी भी मामले पर बन नहीं पाती। जब दुनिया के देशों के बारे में मिलनेवाली हमारी मूलभूत सूचनाएँ ही रँगी-पुती होती हैं तो हम एक साफ-सुथरी विदेशी नीति कैसे बना सकते हैं? सिर्फ विदेश नीति ही नहीं, हमारे

विदेशी व्यापार को भी अंग्रेजी ने गहरी हानि पहुँचाई है। आज यदि हम विभिन्न विदेशी भाषाओं में व्यापार कर रहे होते तो हमारा व्यापार कम-से-कम चार गुना होता। चीन जैसे पड़ोसी देश के साथ हमारा व्यापार सिर्फ 60 बिलियन डॉलर का है, जबकि उसका जापान जैसे छोटे से देश के साथ 200 बिलियन डॉलर का है। यदि भारत में चीनी भाषा जाननेवाले 500 दुभाषिए होते तो क्या हमारा व्यापार 300 बिलियन डॉलर तक नहीं पहुँच जाता? न तो चीनी व्यापारी अंग्रेजी समझते हैं और न ही भारतीय व्यापारी। हमारा यही हाल यूरोप और लातीनी देशों के साथ है। चीन की गरीबी दूर करने में उसके विदेशी व्यापार का बड़ा योगदान है। चीनियों ने कई विदेशी भाषाएँ सीखीं और मैदान मार लिया। हम अंग्रेजी के विश्व-भाषा होने का भ्रम पाले रहे और पिछड़ गए।

अंग्रेजी को विश्व-भाषा मानने का एक नतीजा यह भी होता है कि हम यह समझने लगते हैं कि दुनिया का सारा ज्ञान अंग्रेजी में है, जबकि कई ऐसे क्षेत्र हैं जिनमें दुनिया की अन्य भाषाओं में अत्यंत महत्त्वपूर्ण कार्य हुए हैं, अनुसंधान हुए हैं। हम उन सबसे या तो वंचित रह जाते हैं या उन्हें अंग्रेजी अनुवाद के जरिए ही पढ़ते हैं। आज विज्ञान की जितनी पुस्तकें रूसी भाषा में हैं, दुनिया की किसी भाषा में भी नहीं हैं। जर्मन भाषा में जितने ऊँचे स्तर के दार्शनिक हुए हैं—कांट, हीगल, मार्क्स जैसे अंग्रेजी भाषा में नहीं हुए। दुनिया के बड़े-बड़े अखबार, जापानी और रूसी भाषा में निकलते हैं—असाई शिंबून और प्रावदा, न कि अंग्रेजी में।

कला, संगीत, चित्रकारी, पुरातत्त्व आदि विषयों पर आज भी फ्रांसीसी भाषा में जितना गहन और प्रचुर साहित्य उपलब्ध है, उसकी तुलना में अंग्रेजी साहित्य पासंग के बराबर भी नहीं है।

दुनिया के इतिहास को सबसे अधिक प्रभावित करनेवाली पुस्तकें—वेद, बाइबिल, कुरान, धम्मपद, जिंदावेस्ता, दास कापीटल आदि भी अंग्रेजी में नहीं लिखी गईं। लेकिन जिन लोगों के दिमाग पर अंग्रेजी का भूत सवार है, उनके लिए ये सारे तथ्य निरर्थक हैं। उनको खेत और खलिहान में कोई फर्क दिखाई नहीं पड़ता। उनके लिए चर्चिल अगर अंग्रेज था तो नेपोलियन भी अंग्रेज ही होगा। ग्लेडस्टोन अगर अंग्रेजी बोलता था तो लेनिन भी अंग्रेजी

ही बोलता होगा। जॉन स्टुअर्ट मिल अगर अंग्रेजी में लिखता था तो प्लेटो और अरस्तू भी अंग्रेजी में ही लिखते होंगे। दुनिया का सारा ज्ञान, साहस, शौर्य, प्रतिभा सब कुछ अंग्रेजी में है, ऐसा सोचनेवाला दिमाग एक छोटा और संकुचित दिमाग है। वह विश्व-स्तर पर सोचनेवाला दिमाग बन ही नहीं सकता।

जो विश्व के साथ खुला संपर्क रखना चाहता है, उस दिमाग की सिर्फ एक खिड़की ही खुली नहीं होती, सिर्फ अंग्रेजीवाली खिड़की। अंग्रेजीवाली खिड़की खुली रहे, इसमें हमें कोई आपत्ति नहीं है। लेकिन क्या एक अच्छे मकान में सिर्फ एक ही खिड़की होती है? मकान वह अच्छा होता है, जिसमें कई खिड़कियाँ हों। चारों तरफ से खुली हवाएँ आएँ। अगर एक तरफ की एक खिड़की से बदबू आ रही हो तो दूसरी तरफ की खिड़की भी खोली जा सके। लेकिन हिंदुस्तान की भाषा के भवन में हमारे समझदार शासकों ने सिर्फ एक ही खिड़की बनाई है। उस खिड़की से अच्छा दृश्य दिखता हो या बुरा, सुगंध आती हो या दुर्गंध, उसे हमें खोले रखनी पड़ेगी।

मजबूरी इतनी ही नहीं है, इससे भी ज्यादा है। इस भवन में न केवल एक ही खिड़की है, बल्कि कोई दरवाजा भी नहीं है। बिना दरवाजे के मकान में कोई सभ्य आदमी कैसे रह सकता है? वह मकान भी क्या मकान है, जिसमें आने-जाने के लिए बंदरों की तरह खिड़की से कूदना-फाँदना पड़े। लेकिन हमारे शासकों ने सारे हिंदुस्तान को पिछले 66 साल में बंदरी सभ्यता में ढालने का प्रयत्न किया है। केवल अंग्रेजी के जरिए ही हम दुनिया को जान सकते हैं, केवल अंग्रेजी के जरिए ही भारत में कोई ऊँचा पद प्राप्त कर सकते हैं। अपनी भाषा के दरवाजे से हम न तो दुनिया तक जा सकते हैं और न ही अपने देश की ऊँची मंजिलों पर पहुँच सकते हैं। ऊँची मंजिलों पर पहुँचना तो दूर रहा, इस देश में हिंदी का टाइपिस्ट बनने के लिए भी अंग्रेजी जानना जरूरी है।

एक खिड़कीवाले मकान, मकान क्या कोठरी, इस एक खिड़कीवाली कोठरी में पनपी हुई बंदरी सभ्यता के कारण देश का प्रमुख बौद्धिक वर्ग नकलची बन गया है। उसकी धारणाएँ, उसके अभिमत, उसकी विश्व-दृष्टि पश्चिमी साहित्य निर्धारित करता है। उसका अपना मौलिक चिंतन कुंठित हो

गया है, उसकी सृजन शक्ति को लकवा मार गया है। यदि पश्चिमी विशेषज्ञ भारत को 'पिछड़ा' कहते हैं तो हमारे विशेषज्ञ भी तोते की तरह उसी बात को दोहराते हैं। आजकल अमेरिकी विशेषज्ञों ने भारत को 'नया राज्य' कहना शुरू किया है। उनकी देखा-देखी भारतीय नकलची विद्वान भी भारत को 'नया राज्य' कहने लगे हैं। उन्हें क्या यह पता नहीं है कि जब पृथ्वी पर अमेरिका नाम की कोई चीज नहीं थी और लंदन में जंगली कबीले जानवरों की तरह मार-धाड़ करते घूमते थे, उस समय भी यानी आज से लगभग दो हजार साल पहले भी भारत में विक्रमादित्य की शानदार राज्य-व्यवस्था चल रही थी और चाणक्य जैसे महान् राजनीतिज्ञ ने राज्य-व्यवस्था को सुचारु रूप से चलाने के लिए 'अर्थशास्त्र' नामक अद्वितीय ग्रंथ की रचना की थी?

यह सब जानते हुए भी हमारे विद्वानों को दर्शन में, इतिहास में, अर्थशास्त्र में, राजनीतिशास्त्र में पश्चिमी शब्द-रचना को स्वीकार करना ही पड़ता है, क्योंकि उनका सारा चिंतन और चिंतन को निर्मित करनेवाली अधिकांश सूचनाएँ पश्चिम से आती हैं, सिर्फ अंग्रेजीवाले देशों से आती हैं। यह नहीं हो सकता कि वे अंग्रेजी चिंतन-पद्धति को स्वीकार करें और उससे निकले हुए कुछ खतरनाक शब्दों या खतरनाक धारणाओं को मानने से इनकार कर दें। जो गुलगुले खाता है, वह गुड़ से परहेज कैसे कर सकता है?

हिंदुस्तानी बुद्धिजीवी अगर अंग्रेजी को गुड़ की तरह खाए तो शायद उसे वह पचा भी ले, लेकिन उसे वह अफीम की तरह खाता है। अफीम उसके लिए ब्रह्म है। सार्वभौम सत्य है। एकोऽहं द्वितीयो नास्ति! दूसरा सब कुछ मिथ्या है। इसका नतीजा यह होता है कि वह आलसी और कामचोर बन जाता है। वह हमेशा दूसरे के बनाए गुरों और सूत्रों पर अपना जीवन चलाना चाहता है। वह पिछलग्गू बन जाता है। अपना मार्ग स्वयं नहीं खोजना चाहता। अपना दीपक स्वयं नहीं बनना चाहता। उसकी सृजनशील, आलोचनात्मक बुद्धि निष्क्रिय हो जाती है। वह दुनिया की विभिन्न भाषाओं और साहित्यों से सामग्री का आकलन करके, उसमें से दाने और भूसे को अलग-अलग करने की क्षमता नहीं रखता। उसका क्षीर-नीर विवेक समाप्त हो जाता है। इसीलिए पिछले दो सौ सालों से हमारे विश्वविद्यालयों में अंग्रेजी का घोटा लगाया जाने के बावजूद भी आज तक कोई शेक्सपियर, कोई मिल्टन या कोई

वड्र्सवर्थ पैदा नहीं हुआ! शेक्सपियर को तो जाने ही दीजिए, वह तो 5000 साल भी घोटा लगाते रहें तो पैदा नहीं हो सकता। शेक्सपियर या तुलसीदास या सूर या कालिदास जैसे गुलाब अपनी जमीन, अपनी आबो-हवा, अपनी भाषा में ही खिलते हैं।

हाँ, जिसे आप 'विश्व-भाषा' समझते हैं, उसमें क्लर्क खूब पैदा किए जा सकते हैं, जो बहुत दम मारने पर 'कॉन्वेंट' का गुदना गुदवाकर जी हजूर अफसर बन जाते हैं। वे राष्ट्रपति और प्रधानमंत्री भी बन जाए तो कोई फर्क नहीं पड़ता। वे रहते हैं, बाबू के बाबू ही! अगर भारत के बुद्धिजीवी अंग्रेजी को एक दबदबेदार विश्व-भाषा मानकर उसके बोझ के नीचे नहीं दबते और उसे अन्य विदेशी भाषाओं के समान एक उपयोगी विदेशी भाषा मानकर सीखते तो शायद भारत का अधिक भला होता।

□

विदेशी भाषा के माध्यम से शिक्षा किसी सभ्य देश में प्रदान नहीं की जाती। विदेशी भाषा के माध्यम से शिक्षा देने से छात्रों का मन विकारग्रस्त हो जाता है और वे अपने ही देश में परदेसी के समान मालूम पड़ते हैं।

—रवींद्रनाथ टैगोर

राष्ट्रीय एकता और अंग्रेजी

कुछ लोग यह कहते हुए भी पाए गए हैं कि अंग्रेजी के कारण सारा भारत एक हुआ। यदि आप अंग्रेजी को हटा देंगे तो भारत के टुकड़े-टुकड़े हो जाएँगे।

ऐसी बेहूदा बात वे ही कह सकते हैं जिन्हें या तो भारत के इतिहास का ज्ञान नहीं है या जो तथ्यों को जानते हुए भी गफलत में पड़े हुए हैं। क्या अंग्रेजों के आने के पहले यह देश एक नहीं था? क्या हजारों साल पहले कश्मीर के लोग रामेश्वरम् नहीं जाते थे और केरल व मद्रास के लोग बदरीनाथ और पुरी नहीं आते थे? क्या उत्तर और दक्षिण के इन लोगों को अंग्रेजी ने जोड़ रखा था? केरल में पैदा होनेवाले आद्य शंकराचार्य ने चारों दिशाओं में जो धर्म-प्रचार किया, क्या उसकी भाषा अंग्रेजी थी? भारत के दिग-दिगंतों में गूँजनेवाली शिव-पार्वती की प्रेमकथाएँ क्या अंग्रेजी में लिखी गई थीं? अंग्रेजीपरस्त लोगों के पास इन सवालों का कोई जवाब नहीं है।

हाँ, वे यह कह सकते हैं कि अंग्रेज ने सारे भारत में रेल बिछाई, सड़कें बनाईं, डाक-तार व्यवस्था फैलाई और इस सारे तंत्र को जोड़ा अंग्रेजी भाषा ने। लेकिन हमें कोई यह बताए कि अंग्रेज ने रेल की पटरी क्यों डाली? सड़क क्यों बनाई? डाक-तार क्यों चलाए? अगर इन सवालों का ठीक जवाब मिल जाए तो 'एकता की कड़ी' अंग्रेजी का रहस्य अपने आप खुल जाएगा।

जब मैं 8-10 वर्ष का था तो अपने रिश्तेदारों से मिलने के लिए अपनी दादी के साथ आगर जाया करता था। आगर उज्जैन के पास एक छोटा सा गाँव है। खिलौनानुमा छोटी रेल में बैठने में मुझे बड़ा मजा आता था, लेकिन मैं हमेशा सोचता था कि आगर जैसे छोटे से स्थान के लिए अंग्रेजों ने रेल क्यों

बनाई? उसका राज काफी दिनों बाद खुला।

मालूम पड़ा कि आगर में अंग्रेजों की छावनी रहती थी। जहाँ-जहाँ अंग्रेजों ने अपनी फौजें टिका रखी थीं, चाहे वह आगर हो, महू हो, अंबाला हो या नीमच, सभी स्थानों पर रेलों और सड़कों का जाल बिछाया गया। उन स्थानों पर भी रेल और सड़कें ले जाई गईं, जहाँ खदानें थीं, जहाँ से ब्रिटेन के कारखानों को कच्चा माल मिलता था। रेलें और सड़कें इसलिए नहीं बिछाई गई थीं कि अंग्रेज हिंदुस्तानियों को एक-दूसरे के नजदीक लाना चाहता था, बल्कि इसलिए बिछाई गई थीं कि फौजों के शीघ्र आवागमन के द्वारा ब्रिटिश साम्राज्य के विरुद्ध उठनेवाली आवाजों का गला तुरंत घोटा जा सके तथा मेनेचेस्टर, लंकाशायर और बरमिंघम के कारखानों की मशीनें हिंदुस्तान के कच्चे सामान को पचाकर ब्रिटिश साम्राज्यवाद की श्री-समृद्धि को कायम रख सकें। अपने साम्राज्य की हिफाजत और खुशहाली के लिए अंग्रेज ने जो तंत्र खड़ा किया था, उसे चलाने के लिए एक प्रशासन की जरूरत थी। प्रशासन के लिए एक जोड़नेवाली भाषा चाहिए थी। वह काम किया अंग्रेजी ने।

अंग्रेजी ने हुक्मरानों को जोड़ा, शासकों को जोड़ा, साम्राज्य के नुमाइंदों को जोड़ा। अंग्रेजी ने जनता को कभी नहीं जोड़ा, देश को कभी नहीं जोड़ा। देश की जनता के लिए, साधारण जनता के लिए तो आज भी अंग्रेजी एक अजनबी भाषा है। पहलगाँव की गलियों में घूमनेवाला कुली और कन्याकुमारी की धर्मशाला का चपरासी एक ही भाषा बोलता है, लेकिन वह अंग्रेजी नहीं है, निश्चित रूप से नहीं है। जब लॉर्ड मेकाले ने भारत में अंग्रेजी की अनिवार्य शिक्षा की वकालत की तो उनका लक्ष्य हिंदुस्तान में एकता फैलाना नहीं था, बल्कि नौकरों और क्लर्कों की ऐसी फौज खड़ी करना था, जिसके कंधे ब्रिटिश साम्राज्य के सुदृढ़ स्तंभ बन सकें। इन नौकरों, अफसरों, क्लर्कों और फौजी हुक्मरानों की एकता को अगर देश की एकता कहा जा सके तो निश्चय ही अंग्रेजी ने देश की बड़ी 'सेवा' की है।

इसी नौकरशाही एकता की मेहरबानी के कारण सन् 1857 का स्वाधीनता संग्राम विफल हुआ। इसी 50-60 हजार ब्रिटिश नौकरों की एकता ने देश के करोड़ों लोगों को पराधीनता के पाश में बाँधे रखा। इसी एकता ने ब्रिटिश साम्राज्य की घिनौनी हरकतों पर एक मोटा पर्दा डाले रखा। यह वही एकता है, जिसने

एक तरफ बनारस के जन-आंदोलन को लाठियों से दबा दिया तो दूसरी तरफ जलियाँवाला बाग की जन-सभा को गोलियों से उड़ा दिया। बनारस की लाठियों और अमृतसर की गोलियों को एकता के सूत्र में बाँधनेवाली भाषा अंग्रेजी ही थी।

हिंदुस्तान की आजादी के लिए लड़नेवाले लोग जब तक अंग्रेजी के सहारे रहे, वे आजादी के खुले गीत गाने के बजाय साम्राज्य की बँधी-बँधाई विरुदावलियाँ ही गाते रहे। आजादी का संघर्ष कुछ कुलीन शिक्षितों का बुद्धि-विलास बनकर रह गया। गांधी ने इस कुचक्र को तोड़ा। दयानंद पहले ही हुँकार लगा चुके थे। गांधी ने कांग्रेस को गोष्ठी-कक्षों से खींचकर देश की कोटि-कोटि गरीब, ग्रामीण, दलित जनता के द्वार पर ला खड़ा किया। देशी भाषाओं में भाषण होने लगे, कांग्रेस के प्रस्ताव दूर-से-दूर की झोपड़ियों में पहुँचने लगे। जिन अधिवेशनों में पहले हवाइयाँ उड़ती थीं, उन्हीं में हजारों-लाखों की भीड़ उमड़ने लगी। भारतीय भाषाओं ने देश में स्वाधीनता की शक्तियों को एक किया, जबकि अंग्रेजी ने पराधीनता की शक्तियों को बल प्रदान किया!

अंग्रेजी ने न केवल पराधीनता की शक्तियों को एक किया बल्कि भारतीयों को भारतीयों से भी अलग किया। दो रूपों में अलग किया। एक तो विभिन्न भाषाओं के बीच जो एक स्वाभाविक सेतु बनना था, उसके स्थान पर अंग्रेजी एक नकली संपर्क-भाषा बन गई। अंग्रेजी की उपस्थिति और उसे प्राप्त राज्याश्रय के कारण भारतीय भाषाओं और प्रादेशिक संस्कृतियों के मध्य जो मुक्त आदान-प्रदान होना था, वह रुक गया और उसके स्थान पर एक अत्यंत अस्वाभाविक प्रक्रिया प्रारंभ हो गई। इस प्रक्रिया के अंतर्गत बनारस और बैंगलूरू के मध्य जितनी निकटता थी, उससे कहीं अधिक निकटता बनारस और लंदन के बीच स्थापित हो गई। बनारस से बैंगलूरू जाने का रास्ता लंदन से होकर गुजरने लगा। हिंदी और कन्नड़ के बीच, बांग्ला और तमिल के बीच, मराठी और मलयालम के बीच अंग्रेजी का दलाल आ खड़ा हुआ। भारतीय भाषाओं और प्रादेशिक संस्कृतियों का परिचय परस्पर सीधे न होकर अंग्रेजी के जरिए होने लगा। भारतीय भाषाओं की मूलभूत एकता को अंग्रेजी ने संपर्क के स्तर पर विशृंखलित कर दिया। यदि अंग्रेजी हट जाए तो भारतीय भाषाओं को अलगाव की जिन क्यारियों में अंग्रेज ने बाँधा था, वे सब अपने आप बिखर जाएँगी।

भारतीय ज्ञानपीठ इस दिशा में काफी उपयोगी काम कर रहा है।

अंग्रेजी ने जो दूसरा अलगाव पैदा किया, वह और भी अधिक खतरनाक साबित हुआ। वह अलगाव था—जनता और नेता के बीच, राजा और प्रजा के बीच, भद्र-लोक और साधारण जनता के बीच। अंग्रेजी के द्वारा खोदी गई खाई जब तक कायम है, समाजवाद और प्रजातंत्र के सुकुमार सपने इसमें दफन होते रहेंगे।

□

किसी राष्ट्र की संस्कृति और पहचान को नष्ट करने का सुनिश्चित तरीका है, उसकी भाषा को हीन बना देना।

—जॉर्ज ओरवेल

(प्रसिद्ध ब्रिटिश लेखक)

~*~

मेरा सुनिश्चित मत है कि विदेशी भाषा के अनिवार्य रहते हमारे शिक्षार्थियों में स्वाभिमान का विकास नहीं हो सकता। स्वतंत्र भारत में अंग्रेजी को अनिवार्य रखना राष्ट्रीय स्वाभिमान के प्रतिकूल है।

—जयप्रकाश नारायण

समाजवाद में बाधक

अंग्रेजी ने हमारे देश में गैर-बराबरी को बढ़ाया है। मैं यह नहीं कहता कि हमारे देश में जो आर्थिक असमानता दिखाई पड़ती है, उसका एकमात्र कारण अंग्रेजी है, लेकिन यह एक निर्विवाद सत्य है कि गैर-बराबरी को कायम रखने और बढ़ाने में अंग्रेजी का पूरा-पूरा हाथ है।

अंग्रेजी तालीम के जरिए गैर-बराबरी का बीज बचपन में ही बो दिया जाता है। थोड़े से बच्चे 'कॉन्वेंट' में पढ़ते हैं और बहुत से बच्चे टाट-पट्टी पाठशालाओं में। इसका कारण योग्यता नहीं है, बल्कि बच्चे के माता-पिता की खर्च की हैसियत है। यदि वे ज्यादा खर्च कर सकें, हजार-पाँच हजार या दस हजार रुपए महीना, तो उनके बच्चे 'उत्कृष्ट' स्कूलों में पढ़ेंगे, अन्यथा देश के शेष बच्चों के लिए 'निकृष्ट' स्कूलों की शिक्षा तो है ही। 'कॉन्वेंट' की क्या विशेषता है? कौन सी 'उत्कृष्टता' या ऊँचापन है इनमें? 'कॉन्वेंट' में चमक-दमक वाली वेश-भूषा, आरामदेह मेज-कुर्सी, वातानुकूलित कमरे, खेल और मनोरंजन के प्रचुर साधन तथा घर से आने-जाने के लिए वाहन की व्यवस्था तो होती ही है, लेकिन उसकी आत्मा है—अंग्रेजी माध्यम की पढ़ाई! यह अंग्रेजी माध्यम की पढ़ाई बच्चे को बहुत अधिक प्रवीण बनाती हो, कुशाग्र-बुद्धि बनाती हो या उसकी समझ का विस्तार करती हो, ऐसी बात नहीं है। यह सर्वसम्मत तथ्य है कि विदेशी माध्यम की पढ़ाई बच्चे को रट्टू-तोता, नकलची और आलसी बनाती है। फिर भी माता-पिता अपने बच्चों को अंग्रेजी स्कूलों में भेजने के लिए क्यों लालायित रहते हैं?

सिर्फ इसलिए कि अंग्रेजी एक पुल है, जो शिक्षा को नौकरी से जोड़ता है। हर माता-पिता चाहते हैं कि हमारा बच्चा इस पुल पर चढ़ जाए। भारत की हर

बड़ी नौकरी के लिए, पद के लिए, लाभ के लिए, एक सभ्य और सुसंस्कृत जीवन बिताने के लिए अंग्रेजी को अनिवार्य बना दिया गया है। इस अनिवार्यता को सहने के लिए, इस मजबूरी से पार पाने के लिए माता-पिता बच्चों को 'कॉन्वेंट' में भेजते हैं। 'कॉन्वेंट' में अपने बच्चों को कौन भेज सकते हैं? कितने लोग भेज सकते हैं? सिर्फ मुट्ठी भर लोग! यही छोटा-सा वर्ग पहले से ही सुविधा-संपन्न होता है और इसी के उत्तराधिकारी नई सुविधाओं पर कब्जा कर लेते हैं। टाट-पट्टी स्कूलों में पढ़े हुए करोड़ों बच्चों के लिए कोई उम्मीद नहीं है, उबरने का कोई भरोसा नहीं है, आशा की कोई किरण नहीं है। सुविधाओं पर, अवसरों पर कब्जा करने की धारावाहिकता पीढ़ी-दर-पीढ़ी चलती रहती है। क्या यह समाजवाद का पूर्ण निषेध नहीं है?

सुविधाओं और अवसरों की यह लूटपाट भी चलती रहे और जनता के सामने एक मासूम मुखड़ा भी बना रहे, इस चमत्कार को टिकाए रखने में अंग्रेजी स्कूल बड़ी मदद करते हैं। अंग्रेजी स्कूल में जानेवाले बच्चों की नसों में प्रारंभ से ही गैर-बराबरी का जहर घोला जाता है। ये बच्चे अपने आपको कुँवर, राजकुँवर समझने लगते हैं और देश के अन्य करोड़ों बच्चों को हिकारत की नजर से देखते हैं। इसका कारण यह नहीं है कि वे अधिक बुद्धिमान हैं। जो रटता है, घोटा लगाता है, वह बुद्धिमान कैसे हो सकता है? अंग्रेजी स्कूल के लड़के अपनी बुद्धि की इस कमी को पूरा करते हैं, खर्चीले ताम-झाम से, जैसे कि बदसूरत औरतें सुंदर दिखने के लिए सोना लाद लेती हैं और दुर्भाग्य यह है कि अपने समाजवाद में सोने की कीमत सुंदरता से अधिक है। नौकरियों में, भविष्य के अवसरों में बुद्धि की परीक्षा नहीं होती, योग्यता की परीक्षा नहीं होती, बल्कि अंग्रेजी-ज्ञान की परीक्षा होती है।

हमारी फौज की परीक्षा में क्या होता है? अंग्रेजी भाषा की अनिवार्य परीक्षा होती है और दूसरे विषयों की भी परीक्षा अंग्रेजी माध्यम से होती है। अंग्रेजी का फौज से क्या लेना-देना? दुनिया के बड़े-बड़े फौजी जनरल अंग्रेजी नहीं जानते। चंगेजखान, बाबर, नेपोलियन, शेबानी खान, रोमेल, मार्शल ग्रेचको और जनरल गियाप जैसे लोगों की फौजी शिक्षा क्या अंग्रेजी में हुई है? फौज में तो बहादुरी की, नेतृत्व की, देश-भक्ति की, निशानेबाजी की, शारीरिक क्षमता की और दुश्मन के विरुद्ध उचित रणनीति बनाने की क्षमता

की परीक्षा होनी चाहिए। कोई नौजवान इन सब गुणों में निष्णात हो, लेकिन यदि अंग्रेजी नहीं जाने तो फौज का अफसर नहीं बन सकता। वह एक साधारण जवान बनने के लिए अभिशप्त है।

यह कहने की जरूरत नहीं है कि एक साधारण जवान और फौज के अफसरों के बीच असमानता की पाताल-जितनी गहरी खाई होती है। यह असमानता उपरोक्त अन्याय की खाज में कोढ़ का काम करती है। क्योंकि अफसरों के पद, जिन पर जवानों की तुलना में 100 से लेकर 1000 गुना तक ज्यादा खर्च किया जाता है, केवल उसी वर्ग के लिए आरक्षित हो जाते हैं, जो 'कॉन्वेंट' में पढ़ा हो, जो अंग्रेजी फर्राटे से बोलता हो या अपने पुराने मालिकों की हू-ब-हू नकल करने में निष्णात हो। जो गरीबों, ग्रामीणों और पिछड़ों के लड़के हैं, वे 'डिफेंस एकेडेमी' की परीक्षा में बैठने का साहस भी नहीं कर सकते। योग्यता एक छोटे से वर्ग की बपौती बनकर रह जाती है। यही वर्ग है जो सारे देश पर छाया हुआ है। यह समाजवाद कैसे ला सकता है?

एक समतामूल समाज के निर्माण करनेवाले लोगों का जनता से कुछ तो सीधा रिश्ता होना चाहिए। लेकिन जो शासकगण हैं, शासकगण से मेरा मतलब उन सब लोगों से है, जो संपन्न हैं, उच्च वर्ण के हैं, शहरों में रहते हैं, नीति बनाते हैं, वे जनता से बिलकुल दूर जा पड़ते हैं। जब वे बच्चे होते हैं तो अलग-थलग स्कूलों में पढ़ते हैं और जब उनके बच्चे हो जाते हैं तो वे भी इन्हीं स्कूलों में पढ़ते हैं। इस वर्ग को क्या मालूम कि टाट-पट्टी स्कूलों की टपकती हुई छत के नीचे बैठने का मतलब क्या होता है? ये क्या जाने कि पेशाब की बदबू और कक्षा की पढ़ाई में क्या रिश्ता है? इस वर्ग का बच्चा घर आकर अपने पिताजी से यह शिकायत क्यों करेगा कि नाम मात्र की रूपल्ली पानेवाला मास्टर अपनी झुँझलाहट हम पर निकालता है।

हमारे देश के नीति-निर्माता वर्ग को इन सब परिस्थितियों को भोगना ही नहीं पड़ता, इसीलिए चुनिंदा स्कूलों पर करोड़ों रुपए खर्च किए जाते हैं और करोड़ों बच्चे जिन पाठशालाओं में पढ़ते हैं, वे अनवरत उपेक्षा की शिकार बनी रहती हैं। जिस दिन देश में 'कॉन्वेंट' नहीं होगा और शासक वर्ग का बच्चा भी टाट-पट्टी स्कूल में पढ़ेगा और घर आकर स्कूल के अँधेरे की, बदबू की, पिटाई की चर्चा करेगा, उसी दिन देश की शिक्षा का नक्शा बदल जाएगा। जिस

दिन रेल की द्वितीय श्रेणी में मंत्री धक्के खाएगा, अफसर को पाखाने के पास खड़े होकर रात काटनी पड़ेगी और नेता को दरवाजे से लटकते हुए सफर करना पड़ेगा, उसी दिन हिंदुस्तान की रेलों को सुधारने के लिए सही चिंतन प्रारंभ होगा। उसी दिन समाजवाद नारा नहीं रहेगा, सच्चाई बन जाएगा।

लेकिन जब तक देश में अनिवार्य अंग्रेजी चलेगी— शिक्षा में, न्याय में, नौकरी में, चिकित्सा में, फौज में—समाजवाद आ नहीं सकता। अंग्रेजी शिक्षा बचपन से ही बच्चों में गैर-बराबरी और पांखड की भावना को जन्म देती है। आप उत्पादन और वितरण में तब तक सुधार नहीं कर सकते, जब तक कि देश के बच्चों में बचपन से ही समतामूल मनोभूमि तैयार नहीं हो। ये अंग्रेजी स्कूल समाजवाद की इस प्रथम आवश्यकता की जड़ों में निरंतर मट्ठा डालने का प्रयत्न करते रहते हैं। नेहरू का समाजवाद इसीलिए ढेर हो गया कि उसकी नींव अंग्रेजी उपनिवेशवाद पर खड़ी हुई थी।

□

किसी विदेशी भाषा को जानना सम्मान की बात है, लेकिन उस भाषा को राष्ट्र भाषा के बराबर दर्जा देना शर्म की बात है।

—महादेवी वर्मा

~*~

केवल अंग्रेजी सीखने में जितना श्रम करना पड़ता है, उतने श्रम में हिंदुस्तान की सभी भाषाएँ सीखी जा सकती हैं।

—संत विनोबा भावे

आधुनिकता और अंग्रेजी पर्यायवाची नहीं

कुछ लोग यह तर्क देते हैं कि यदि अंग्रेजी हट गई तो देश के आधुनिकीकरण में बाधा पहुँचेगी। आज देश में जो भी आधुनिकता दिखाई पड़ती है, वह अंग्रेजी के कारण ही है।

ऐसी धारणा इसलिए बन गई है कि बहुत से लोगों ने आधुनिकता का ठीक-ठाक मतलब आज तक नहीं समझा है। वे अंग्रेजीकरण को, पश्चिमीकरण को ही आधुनिकीकरण मानते हैं। आखिर आधुनिकीकरण है क्या? अगर इस शब्द पर नजर डाली जाए तो काफी हद तक अर्थ स्पष्ट हो जाता है। जो अधुनातन है, बिलकुल नया है, वह आधुनिक है। अंग्रेजी के 'मॉडनाईजेशन' शब्द की जो लेटिन धातु है, उसका अर्थ है, 'बिलकुल अभी'। यानी जो अभी-अभी सामने आया है। ताजा है, पुराना नहीं है, वह आधुनिक है।

ये तो हुआ शाब्दिक अर्थ। लेकिन वास्तव में आधुनिकता का मतलब होना चाहिए प्रकृति पर मनुष्य की विजय, सत्ता के विरुद्ध स्वतंत्रता का अभ्युदय, अंधविश्वास के विरुद्ध तर्क का प्रतिष्ठापन और सामान्य दक्षता की अभिवृद्धि। क्योंकि ये सब बातें मनुष्य के सुदीर्घ इतिहास में प्राचीन काल के बजाय दो-तीन सौ वर्षों में विशेष रूप से उभरी हैं, अतः इन्हें ही आधुनिक मूल्य या आदर्श कह सकते हैं। ये मूल्य किसी भी जाति या भाषा या देश की बपौती नहीं हैं।

यह संयोग की बात है कि इनमें से कुछ मूल्य पहले यूरोप में प्रतिष्ठापित हुए। शायद इसीलिए लोगों को भ्रम हो जाता है और वे यूरोप की नकल को आधुनिकीकरण मानने लगते हैं। यूरोप की हर चीज आधुनिक नहीं है। यदि हर चीज को आधुनिक मानेंगे तो फासीवाद, नाजीवाद, साम्यवादी अधिनायकवाद जैसी निहायत जंगली और आदिम चीजों को भी आधुनिक और ग्राह्य मानना पड़ेगा।

खैर, हम बात कर रहे थे भाषा और आधुनिकता के बारे में। यूरोप में जब पुनर्जागरण प्रारंभ हुआ, जब आधुनिकता ने यूरोप के द्वार खटखटाए तो सबसे पहला धक्का लगा, लेटिन के एकछत्र साम्राज्य को। एक साम्राज्यवादी भाषा के एकाधिकार को चुनौती दी स्थानीय भाषाओं ने। जर्मन, फ्रेंच, अंग्रेजी, डच, चेक, स्लोवाक आदि भाषाओं के जरिए राष्ट्रों ने अपने स्वतंत्र अस्तित्व की अभिव्यक्ति की। खुद लंदन की स्थिति क्या थी? अदालत का काम, राज-काज का काम और बड़े-बड़े बौद्धिकों का लेखन लेटिन में चलता था। अगर कोई वकील अदालत में अंग्रेजी में बहस करता तो उस पर जुर्माना हो जाता था। अगर कोई लेखक लेटिन में नहीं लिखता था तो दूसरे दर्जे का बौद्धिक समझा जाता था। अंग्रेजी को गँवारों की भाषा माना जाता था। लेकिन ज्यों-ज्यों आधुनिकता की चेतना बढ़ी, जनता ने अपनी-अपनी भाषाओं के लिए जमकर संघर्ष छेड़ा। उनको परवान चढ़ाया। अपनी भाषा का, स्वभाषा का समुत्कर्ष आधुनिकता का एक अनिवार्य अंग है। शायद अधकचरे अंग्रेजीदाँ लोगों को इन तथ्यों का पता नहीं है, वरना वे भारत जैसे देश में अंग्रेजी को थोपने की बात नहीं करते। वे स्वयं इतिहास से कुछ सबक लेने को तैयार क्यों नहीं हैं?

किसी भी राष्ट्र पर एक विदेशी भाषा को थोपना आधुनिकता के मूलभूत सिद्धांतों के विरुद्ध है। आपको एक ठोस उदाहरण देता हूँ। आप एक आधुनिक राज्य किसे कहेंगे? एक आधुनिक राज्य तो वही होगा, जिसमें जनता राज-काज में पूरी तरह भाग ले। इसके विपरीत एक सामंतवादी, दकियानूसी, पोंगापंथी राज्य कैसा होगा? ऐसा होगा कि जिसमें 'कोऊ नृप होय हमें का हानि।' जनता को नीति-निर्माण से कुछ लेना-देना नहीं। राजा

की इच्छा ही कानून है या जैसा कि फ्रांस का लुई चौदहवाँ कहा करता था, 'मैं ही राज्य हूँ।' यह है 17वीं शताब्दी की बात, 18वीं शताब्दी की बात, 19वीं शताब्दी की बात। बिल्कुल भी आधुनिक नहीं।

यही बात भारत की संसद् में आज भी देखी जा सकती है। 500 संसद्-सदस्यों में से 400 से भी ज्यादा गूँगे-बहरों की तरह सदन में बैठे रहते हैं। बहस में भाग नहीं लेते। सिर्फ हाथ उठा देते हैं। ऐसा क्यों होता है? क्या वे बोलना नहीं जानते? क्या वे राजनीति नहीं समझते?

क्या वे अपनी जनता का प्रतिनिधित्व नहीं करना चाहते? नहीं-नहीं, चाहते हुए भी वे बोल नहीं पाते, क्योंकि वे अंग्रेजी नहीं जानते। अंग्रेजी में बोलना प्रतिष्ठा की बात है। जो अंग्रेजी में बोलता है, उसकी सुनी जाती है।

प्रकाशवीर शास्त्री, राममनोहर लोहिया, अटल बिहारी वाजपेयी और मधु लिमये तो अपवाद हैं। ये नई लीक खींचनेवाले लोग रहे हैं। लेकिन जो अंग्रेजी भी नहीं जानते और हिंदी भी नहीं जानते, वे क्या करें? जिन करोड़ों लोगों का वे प्रतिनिधित्व करते हैं, उनका नीति-निर्माण में कोई हाथ नहीं है, जैसे पुराने जमाने में राजा का दरबार कुछ 'रत्नों' की सलाह पर चलता था, चाहे वे नौ रतन हों, चौदह रतन हों या चौबीस रतन, वैसे ही आज जो अंग्रेजी बोलनेवाला रतन है, उसकी बहस से हिंदुस्तान की संसद् चलती है। क्या इसे आप एक आधुनिक संसद् कहेंगे? क्या यह एक आधुनिक राज्य है? क्या यह लोकतंत्र है? यदि नहीं तो यह अंग्रेजी की मेहरबानी है।

दूसरा उदाहरण लीजिए। हमारे देश की नीतियाँ अंग्रेजी में बनती हैं। नेतृत्व के शिखर से लुढ़कती हुई नीतियाँ जनता के पाताल तक पहुँचते-पहुँचते या तो नदारद हो जाती हैं या वे अपना रूप खो देती हैं। हमारी पंचवर्षीय योजनाओं को या विदेश नीति के वक्तव्यों को हिंदुस्तान की औसत जनता का कितना बड़ा भाग समझ पाता है? इसके विपरीत अंग्रेजी में बनी इन नीतियों को अमेरिका और इंग्लैंड का हर गड्ढे खोदनेवाला मजदूर भी समझ सकता है। क्या यह हिंदुस्तान के आम आदमी के साथ

छल नहीं है कि ताश के सारे पत्ते आप विदेशियों के सामने तो पसार देते हैं और हमारे देश की जनता से, जिसके खून-पसीने की कमाई से योजनाएँ चलती हैं, छिपाने की कोशिश करते हैं। जब तक नीतियों को जनता अच्छी तरह समझेगी नहीं, वह सहयोग किस आधार पर करेगी?

और इसके विपरीत जनता क्या चाहती है, यह भी तो शासकों को ठीक-ठीक पता चलना चाहिए। शासक लोक-भाषाओं की पुस्तकें नहीं पढ़ते, पत्रिका नहीं पढ़ते, अखबार नहीं पढ़ते। यदि आप यह जानना चाहें कि भारतीय जनता की आकांक्षाओं का प्रतिनिधित्व कौन से अखबार करते हैं तो लोकभाषा के और अंग्रेजी के अखबारों के 'संपादक के नाम पत्र' स्तंभों को उठाकर देखिए। अंग्रेजी अखबार जबकि बुद्धि-विलास की नकली बहसें चलाते हैं, हिंदी और लोकभाषाओं के अखबार एक औसत आदमी के दुःख-दर्द की करुण-कथा पेश करते हैं। कुर्सी पर बैठे नेता को इस करुण-कथा से कोई मतलब नहीं है, क्योंकि उसके लिए तो सच्चा जनमत अंग्रेजी अखबारों में प्रगट होता है। इसका नतीजा क्या होता है? जनता और नेता के बीच संप्रेषण नहीं होता और संप्रेषण, दोतरफा संप्रेषण आधुनिकता की पहली शर्त है।

दक्षता, आधुनिक समाज-व्यवस्था का एक अनिवार्य लक्षण है। याने कम समय में अधिक-से-अधिक काम करना और व्यवस्थित तरीके से करना। लेकिन अंग्रेजी की अनिवार्य शिक्षा ने करोड़ों बच्चों को दिमागी तौर पर अपाहिज बना दिया है। अंग्रेजी को रटने के चक्कर में बच्चे दूसरे विषयों की पढ़ाई पर भी ध्यान नहीं दे पाते। न वे अंग्रेजी अच्छी सीख पाते हैं और न ही दूसरे विषय! न खुदा ही मिला, न विसाले सनम! जब फेल होते हैं तो सबसे ज्यादा अंग्रेजी में फेल होते हैं। भारत की प्राथमिक शालाओं में लगभग 22 करोड़ बच्चे पढ़ते हैं, लेकिन बी.ए. तक पहुँचते-पहुँचते उनकी संख्या चालीस लाख भी नहीं रहती। क्यों नहीं रहती? क्योंकि वे अंग्रेजी में फेल होते जाते हैं। तंग आकर वे पढ़ाई से ही हाथ धो लेते हैं। अगर एक बच्चा एक हफ्ते में 5 घंटे अंग्रेजी पढ़ने के लिए लगाता है तो हिसाब लगाइए कि वह 10 साल में कुल कितने घंटे खर्च करेगा और देश के लाखों बच्चे

क्या अपने जीवन के करोड़ों बहुमूल्य घंटे अनिवार्य अंग्रेजी को सीखने में बरबाद नहीं कर देते?

10 साल तक अनिवार्य अंग्रेजी का घोटा लगवाकर देश के करोड़ों-अरबों घंटे बर्बाद करने के बजाय बड़े होने पर इन्हीं बच्चों को एक या दो माह में गहन प्रशिक्षण के द्वारा कोई भी विदेशी भाषा सिखाई जा सकती है। पुणें के मैक्समूलर संस्थान में आजकल डेढ़ माह में काफी अच्छी जर्मन सिखाई जाती है। यह है आधुनिकता! कम समय में अधिक काम! मैंने स्वयं तीन मास की साधारण पढ़ाई में रूसी और पंद्रह दिन के प्रशिक्षण में फारसी सीख ली थी।

इसके अलावा करोड़ों बच्चों को एक विदेशी भाषा सीखने की क्या जरूरत है? मुश्किल से हजारों में से एक छात्र विदेश जाता है या शोध करता है और जो विदेश जाते हैं, वे सब इंग्लैंड और अमेरिका ही नहीं जाते, दूसरे देशों में भी जाते हैं, जहाँ अंग्रेजी नहीं चलती। कुछेक हजार लोगों की विदेशी भाषा की जरूरतों को पूरा करने के लिए करोड़ों लोगों पर अंग्रेजी थोप देना वैसा ही है जैसे कि दो आदमियों की रोटी बनाने के लिए दस मन आटा गूँध लेना। मैं चाहता हूँ कि दो आदमियों की रोटी के लिए कम आटा गुँधे और बढ़िया गुँधे। घास नहीं काटी जाए। अर्थात् विदेशी भाषाओं को थोक में पढ़ाने के बजाय, उत्कृष्ट कोटि के संस्थानों में नवीनतम विधियों के द्वारा उन्हीं को पढ़ाया जाए, जिन्हें उनकी जरूरत है। यह हुई आधुनिक दृष्टि! दुनिया के आधुनिक राष्ट्रों में यही हो रहा है। लेकिन आधुनिकता के नाम पर हमारे देश में उल्टी गंगा बह रही है।

जापान का उदाहरण हमारे सामने है। आधुनिकीकरण और औद्योगीकरण पहले शुरू हुआ भारत में। जापान में बाद में हुआ। लेकिन आज जापान भारत से मीलों आगे हैं। जापान ने पश्चिम के अनुभव का लाभ अवश्य उठाया, लेकिन उसने अपनी भाषा को नहीं छोड़ा। अपने लाखों वैज्ञानिकों, किसानों, मजदूरों को उसने अपनी ही भाषा में सारा ज्ञान उपलब्ध कराया। कुछ चतुर अनुवादकों को तैयार करके उनसे हर विदेशी भाषा के ज्ञान का जापानी में अनुवाद करवा लिया। अगर भारत की तरह जापान भी अपने

नागरिकों पर अनिवार्य जर्मन या अंग्रेजी थोप देता तो आज जापान इतना आगे नहीं बढ़ पाता। वैज्ञानिकों की जो शक्ति प्रयोगों में लगी, वह एक विदेशी भाषा को रटने में खर्च हो जाती, जैसा कि भारत में हुआ। दूसरे शब्दों में अंग्रेजों की अनिवार्यता ने भारत में आधुनिकता की गति को धीमा किया।

□

अंग्रेजों को हम गालियाँ देते हैं कि उन्होंने हिंदुस्तान को गुलाम बनाया, लेकिन उनकी अंग्रेजी भाषा के तो हम अभी तक गुलाम बने बैठे हैं।

—महात्मा गांधी

विज्ञान की पढ़ाई और अंग्रेजी

अंग्रेजी के कुछ अंधभक्त लोगों ने देश में यह विचार भी फैलाया कि अंग्रेजी के बिना विज्ञान की पढ़ाई नहीं हो सकती। विज्ञान की सब ऊँची पुस्तकें अंग्रेजी में हैं। अगर अंग्रेजी हट गई तो विज्ञान भी हट जाएगा।

सच पूछा जाए तो बात उल्टी ही है। अंग्रेजी शिक्षा और विज्ञान में तो छत्तीस (36) का आँकड़ा रहा है। एक का मुँह इधर तो दूसरे का मुँह उधर! ऑक्सफोर्ड और कैंब्रिज विश्वविद्यालय के पुराने बही-खाते निकालकर देखें तो मेरी बात समझ में आ जाएगी।

अंग्रेजी शिक्षा के इन गढ़ों में विज्ञान और गणित की पढ़ाई की बड़ी उपेक्षा होती थी, क्योंकि विज्ञान तर्क करना सिखाता है और तर्क मजहब का दुश्मन है और मजहबी लोग ही इन शिक्षा-केंद्रों को अपने अनुदान से जीवित रखते थे। ऐसी स्थिति में विज्ञान और गणित की पढ़ाई घरों में ही चलती थी। जॉन स्टुअर्ट मिल जैसे प्रसिद्ध विचारक और गणितज्ञ ने विश्वविद्यालय जाने के बजाय घर में बैठकर पढ़ना-लिखना ज्यादा अच्छा समझा। आपने माइकेल फेराडे का नाम सुना होगा, जिसने बिजली का आविष्कार किया। इस आदमी ने कभी ऑक्सफोर्ड या कैंब्रिज का मुँह तक नहीं देखा।

ऑक्सफोर्ड और कैंब्रिज का, यह विज्ञान की उपेक्षावाला रुख भारत में भी आया, क्योंकि बंबई, मद्रास और कलकत्ता में अंग्रेज ने जो विश्वविद्यालय कायम किए, वे उन्हीं की नकल पर थे। इन भारतीय शिक्षा-केंद्रों में भी ज्यादा जोर 'अंग्रेजी भाषा, साहित्य और धर्म-विद्या' को पढ़ाने पर था। यहाँ भी विज्ञान, गणित आदि विषयों की उपेक्षा की गई। अंग्रेज को इससे कोई मतलब नहीं था, खासकर हुकूमत करनेवाले अंग्रेज को, कि भारतीय प्रतिभा का विकास हो। वह

तो अंग्रेजभक्त नकलचियों की फौज खड़ी करना चाहता था। इसके बावजूद भी भारत में जैसे-तैसे विज्ञान की कुछ-न-कुछ प्रगति हुई ही। प्रगति करते रहने की मनुष्य की अदम्य इच्छा को आखिर कहाँ तक दबाया जा सकता है?

अगर भारत की प्रयोगशीलता को दबाया नहीं गया होता, अंग्रेजों के द्वारा, मुगलों के द्वारा तथा अन्य विदेशी आगंतुकों के द्वारा, तो मेरा विश्वास है कि चाँद पर आदमी को भेजने का काम सबसे पहले भारत ही करता। भारत में तो आदिकाल से इस बात का ज्ञान और यह मान्यता रही है कि इस पृथ्वी के अलावा अन्य ग्रहों में भी जीवन है। 'विमानशास्त्र' नामक प्राचीन ग्रंथ को देखकर मैं दंग रह गया। उसमें ध्वनि की गति से उड़नेवाले विमानों का, उनकी बनावट का, उनके सिद्धांतों का विशद् वर्णन किया गया है।

मैं कहानी-किस्सों की बात नहीं कर रहा हूँ। पोगापंथ और गप्पों में मेरा जरा भी विश्वास नहीं है। मैं आपसे आर्यभट के गुरुत्वाकर्षण सिद्धांत और लीलावती के गणित की बात कर रहा हूँ, जिन्हें सारी दुनिया ने मान्यता दी है। चरक और सुश्रुत की बात कर रहा हूँ, वागभट्ट की बात कर रहा हूँ। पिछले दिनों डॉ. रघुवीर के पुत्र डॉ. लोकेशचंद्र ने जावा, बाली, सुमात्रा, साइबेरिया आदि स्थानों से लाए हुए अनेक ग्रंथ, चित्र और पदार्थ दिखाए। मैं यह देखकर चकित रह गया कि भारतीय शल्य-चिकित्सा का प्रचार इन सारे इलाकों में था। आज से कई हजार वर्ष पूर्व भारतीय शल्य-चिकित्सा काफी विकसित थी। इसी तरह के रसायन शास्त्र और भौतिक विद्या में भी भारतीयों ने उल्लेखनीय प्रगति की थी। इसे उल्लेखनीय इसलिए कहता हूँ कि उसी काल में अन्य देशों की तुलना में, खासकर ब्रिटेन की तुलना में भारत हजारों मील आगे था। लेकिन मुख्य प्रश्न यह है कि इस प्रगति को लकवा क्यों मार गया? यह प्रगति अपने तर्कसंगत मार्ग पर क्यों नहीं चल सकी?

इसके कई कारण हो सकते हैं, लेकिन एक प्रमुख कारण है—बाहरी शासकों द्वारा हमारे देश में चलनेवाली शिक्षा और शोध की परंपरा को नष्ट-भ्रष्ट करना। दूसरे आततायियों की बात यहाँ छोड़ दें। अंग्रेजों के प्रयत्नों के बारे में मैं पहले ही कह चुका हूँ। अंग्रेजों ने अंग्रेजी को ज्यादा महत्त्व दिया और विज्ञान को कम। अगर अंग्रेजों के मन में अंग्रेजी के प्रति विशेष आग्रह नहीं होता तो विज्ञान की पढ़ाई और प्रयोगों पर अधिक जोर दिया जाता। जब विज्ञान

पर अंग्रेजी लाद दी गई तो बच्चों ने विज्ञान कम पढ़ा और अंग्रेजी ज्यादा।

जब किसी विदेशी भाषा के जरिए बच्चों को विज्ञान पढ़ाया जाता है तो वह बोझिल, नीरस और अरुचिकर हो जाता है। विज्ञान क्या है? प्रयोग का दूसरा नाम ही विज्ञान है। जब बच्चा प्रयोग करता है तो उसके और उपकरणों के बीच भाषा की कोई कठिनाई नहीं होनी चाहिए। भाषा को दासी की तरह सेवा करनी चाहिए। भाषा को साधने की जरूरत नहीं होनी चाहिए। लेकिन जब अंग्रेजी में विज्ञान पढ़ाया जाता है तो एक विद्यार्थी प्रयोग प्रारंभ करे, उसके पहले उसे अंग्रेजी से कुश्ती लड़नी पड़ती है। पहले भाषा समझे, फिर प्रयोग करे!

एक पाँचवीं कक्षा के बच्चे को अगर अंग्रेजी में कहा जाए कि 'होल्ड द टेस्ट-ट्यूब अपराइट', तो इस आदेश का पालन करने के पहले उसे समझना पड़ेगा कि 'होल्ड' का मतलब क्या है, 'टेस्ट-ट्यूब' का मतलब क्या है और 'अपराइट' का मतलब क्या है तथा इन सब शब्दों को एक साथ रखने पर क्या मतलब निकलता है? यह सब ठीक-ठीक समझे बिना वह प्रयोग नहीं कर सकता, जबकि दूसरी कक्षा के बच्चे से आप उसकी मातृभाषा में कहें कि 'परख-नली को सीधा पकड़ो' तो वह तत्काल, बिना किसी कठिनाई के, उस आदेश का पालन करेगा और प्रयोग कर लेगा। ऐसा क्यों होता है?

ऐसा इसलिए होता है कि जब वह एक-डेढ़ साल का था, तभी से उसने अपनी माँ के मुख से इसी भाषा में इसी तरह के कई वाक्यों को सुना है और उसका पालन किया है। उसे भाषा को साधने की जरूरत नहीं है। वह तो उसे जन्म-घुट्टी में पिलाई गई है। अब आप ही बताइए, प्रयोग या शोध किस भाषा में आसानी से हो सकता है? मातृभाषा में या विदेशी भाषा में?

विडंबना यह है कि विज्ञान के बगीचे तक पहुँचने के लिए एक छात्र को अंग्रेजी का जलता हुआ मरुस्थल पार करना पड़ता है। कुछ सी.वी. रमन और कुछ हरगोविंद खुराना और कुछ नार्लीकर जैसे अदम्य साहसी लोग तो उस मरुस्थल को भी हँसते-हँसते पार कर जाते हैं और अपना जौहर दुनिया को दिखा देते हैं, लेकिन एक औसत विद्यार्थी या तो फल पाने की इच्छा ही नहीं करता है या रास्ते में ही दम तोड़ देता है या अपनी पूरी जिंदगी मरुस्थल पार करने में ही लगा देता है। स्वयं रमन जैसे वैज्ञानिकों ने स्पष्ट शब्दों में कहा है कि यदि भारत में विज्ञान मातृभाषा के जरिए पढ़ाया गया होता तो आज भारत

दुनिया के अग्रगण्य देशों में होता। यह कितनी शर्म की बात है कि आजादी के 66 साल बाद भी भारत में आज तक एक भी विश्वविद्यालय ऐसा नहीं है, जो छात्र-छात्राओं को भौतिकी, रसायन-शास्त्र, मेडिकल, इंजीनियरी और कानून आदि विषयों की शिक्षा उनकी अपनी भाषाओं में दे। यदि भारत में शिक्षा का माध्यम स्वभाषाएँ होती तो हमारे करोड़ों बच्चों की ऐसी फौज अब तक तैयार हो जाती, जो उपयोगी काम-धंधे सीखते, विज्ञान के नए-नए प्रयोग करते और इतने रोजगार पैदा कर देते कि देश में से बेरोजगारी ही खत्म हो जाती।

जो दुनिया के देश आज विज्ञान में आगे बढ़े हुए हैं, क्या वहाँ विदेशी भाषाओं के जरिए विज्ञान की पढ़ाई होती है? कतई नहीं। इंग्लैंड और अमेरिका में अंग्रेजी में, जर्मनी में जर्मन में, फ्रांस में फ्रांसीसी में, रूस में रूसी में और जापान में जापानी भाषा में विज्ञान पढ़ाया जाता है। रूस के बड़े-बड़े वैज्ञानिक अंग्रेजी का एक काला अक्षर भी नहीं जानते। फिर दूसरे देशों में होनेवाली वैज्ञानिक प्रगति के बारे में उन्हें जानकारी कैसे मिलती होगी? उस जानकारी को प्राप्त करने के लिए ये वैज्ञानिक अंग्रेजी या अन्य दर्जनों विदेशी भाषाएँ सीखने में अपना समय बरबाद नहीं करते।

हर देश में अनुवादकों का एक समूह होता है जो न केवल एक भाषा से बल्कि अनेक भाषाओं से विज्ञान की सामग्री देशी भाषाओं में ले आता है। यदि वैज्ञानिक स्वयं विदेशी भाषाएँ सीखना भी चाहें तो वे कितनी विदेशी भाषाएँ सीख सकते हैं, जबकि अनुवादक तो कई भाषाओं के हो सकते हैं। इसलिए यह तर्क तो बिलकुल थोथा है कि अंग्रेजी के बिना विज्ञान की पढ़ाई को धक्का लगेगा। बल्कि मैं तो उल्टी बात कहता हूँ। वह यह है कि अंग्रेजी के कारण विज्ञान की पढ़ाई को धक्का लग रहा है।

□

मुझे लगता है कि जब हमारी संसद बनेगी तब हमें फौजदारी कानून में एक धारा जुड़वाने का आंदोलन करना पड़ेगा। यदि दो व्यक्ति भारत की एक भाषा जानते हों और इस पर भी उनमें से कोई दूसरे को अंग्रेजी में पत्र लिखे या एक-दूसरे से अंग्रेजी में बोले तो उसे कम से कम छह महीने की सख्त सजा दी जाएगी।

—महात्मा गांधी

संस्कृति और भाषा

जब किसी राष्ट्र पर एक विदेशी भाषा हावी होने लगती है तो उस राष्ट्र की संस्कृति के लिए सबसे बड़ा खतरा उपस्थित हो जाता है। संस्कृति क्या है? हमारे पूर्वजों ने विचार और कर्म के क्षेत्र में जो कुछ भी श्रेष्ठ किया है, उसी धरोहर का नाम संस्कृति है। यह संस्कृति अपनी भाषा के जरिए जीवित रहती है। यदि भाषा नष्ट हो जाए तो संस्कृति का कोई नामलेवा-पानीदेवा नहीं रहता। संस्कृति ने जिन आदर्शों और मूल्यों को हजारों सालों के अनुभवों के बाद निर्मित किया है, वे विस्मृति के गर्भ में विलीन हो जाते हैं। भाषा संस्कृति का अधिष्ठान है। संस्कृति भाषा पर टिकी हुई है।

मैं तो इससे भी एक कदम आगे जाना चाहता हूँ। मैं चाहता हूँ कि हमारे पूर्वजों ने जो कुछ बुरा सोचा या किया है, वह भी हमारे सामने होना चाहिए। इसे आप चाहे विकृति कह लीजिए। इससे भी हम अपना भविष्य सुधार सकते हैं। यह भी भाषा की मोहताज है। अपनी संस्कृति और विकृति दोनों से परिचित होने के लिए अपनी भाषा की धारा निरंतर बहती रहनी चाहिए। अगर अपनी भाषा नहीं होगी तो हमें न तो अपनी अच्छाइयों का पता चलेगा और न ही बुराइयों का।

आज जो बच्चे अनिवार्य अंग्रेजी पढ़ रहे हैं और यह समझकर पढ़ रहे हैं कि वह उत्कृष्ट भाषा है, उनका ध्यान भारत की विरासत से हट रहा है। वे शेक्सपियर पढ़ेंगे, मिल्टन पढ़ेंगे, शैली पढ़ेंगे, लेकिन कालिदास, भवभूति, तुलसी, सूर, मीरा कबीर, बिहारी उनके लिए अजनबी बन जाएँगे। वे मीर तकी मीर और गालिब जैसे दुनिया के महानतम् शायरों की शायरी का रस

नहीं ले सकेंगे। हो सकता है कि 'कॉन्वेंट' की अंग्रेजी पुस्तकों में शकुंतला के बारे में या भारत के बारे में या कन्हैया की रासलीला के बारे में थोड़ा-बहुत पढ़ा दिया जाए। लेकिन जब ये बच्चे बड़े होंगे तो ये अपनी प्यास बुझाने के लिए ग्रंथों को मूल रूप से पढ़ना चाहेंगे, घटनाओं के बारे में विस्तार से जानना चाहेंगे। मगर जानेंगे कैसे? ये सारे ग्रंथ अंग्रेजी में तो नहीं लिखे गए हैं। तब क्या होगा?

ये बच्चे बड़े होकर या तो अपने ही ग्रंथों के अंग्रेजी अनुवाद पढ़ेंगे और राम को 'रामा', कृष्ण को 'कृष्णा' तथा कुंती को 'कुंटी' कहेंगे या फिर इनका ध्यान पूरी तरह से अंग्रेजों की संस्कृति को प्रतिबिंबित करनेवाले अंग्रेजी ग्रंथों की ओर चला जाएगा। शेक्सपियर के 'हेमलेट' के हर वर्ष नए संस्करण निकलेंगे और बाणभट्ट की 'कादंबरी' को दीमक खाया करेंगी। हाब्स का 'लेवियाथन' गरम पकोड़ों की तरह बिकेगा और कौटिल्य का 'अर्थशास्त्र' बासी डबलरोटी की तरह सड़ता रहेगा।

मैं 'हेमलेट' या 'मेकबेथ' पढ़ने का विरोधी नहीं हूँ। मैं तो चाहता हूँ कि आधुनिक भारत के नौजवान भंवरे—प्लेटो, अरस्तू, शेक्सपियर, दाँते, हीगल, कामू, सार्त्र, तॉल्सतॉय, येवतुशेन्को—सभी का रस पीने लायक बनें, लेकिन यह नहीं भूलना चाहिए कि भाषा रेल की पटरी की तरह होती है। जिधर पटरी जाती है, रेल भी उधर ही जाती है। अगर पटरी नई दिल्ली की तरफ जा रही है तो लाख कोशिश करने के बावजूद रेल बंबई की तरफ नहीं मुड़ सकती। आज हिंदुस्तान की शिक्षा की रेल को अंग्रेजी की पटरी पर दौड़ाया जा रहा है। यह रेल कहाँ जाएगी? यह रेल गंगा के घाट पर या कालिंदी के कूल पर या अयोध्या की गलियों में हजार साल की यात्रा के बाद भी कभी नहीं आएगी। यह जाएगी और सीधी जाएगी टेम्स के किनारे या ट्राफलगर स्क्वेयर या बकिंघम के राजमहल के पास! क्यों? क्योंकि वह अंग्रेजी की पटरी पर दौड़ रही है। याद रखिए, भाषा जितनी अच्छी सेविका है, वह उतनी ही कठोर स्वामिनी भी है।

जब आप विदेशी भाषा के साथ इश्क फरमाते हैं तो वह उसकी पूरी कीमत वसूलती है। वह अपने आदर्श, अपने मूल्य आप पर थोपने लगती है।

यह काम धीरे-धीरे होता है। और चुपके-चुपके होता है। सौंदर्य के उपमान बदलने लगते हैं, दुनिया को देखने की दृष्टि बदल जाती है। आदर्श और मूल्य बदल जाते हैं। आदर्श और मूल्य बदलें और तार्किक ढंग से बदलें तो मुझे कुछ आपत्ति नहीं है। विदेशी भाषा कुछ बेहतर मूल्य भी हमें दे सकती है, लेकिन आपत्ति तो तब होती है जबकि एक खंडित चिंतन का, एक दोमुँहे व्यक्तित्व का निर्माण होने लगता है। आप रहते तो हैं भारतीय परिवेश में और बौद्धिक रूप से समर्पित होते हैं, अंग्रेजी परिवेश के प्रति! ऐसा व्यक्तित्व सृजनशील नहीं बन पाता। उदाहरण के लिए यूरोप का आदमी बादलों को देखकर प्राय: प्रसन्न नहीं होता। पहले से ही वे ठंडे देश हैं। फिर बादल आ जाएँ, आसमान कुछ-कुछ गहराने लगे तो मातम-सा छा जाता है।

इसके विपरीत भारत में ज्यों ही बादल मँडराए कि मन-मयूर नाचने लगता है। मेघदूत की रचना होती है। हमारा देश सूरज का देश है, धूप का देश है। यूरोप धूप के लिए तरसता है और हम बादलों के लिए! अब बताइए अंग्रेजी में कविता लिखनेवाला हिंदुस्तानी क्या करेगा? अगर वह बादलों की तारीफ करेगा तो उसकी कविता उसके पश्चिमी स्वामियों के गले नहीं उतरेगी और अगर वह कड़ाके की धूप पर गीत लिखेगा तो घटाओं पर झूमनेवाला उसका दिल उसका साथ कहाँ तक देगा?

भाषा के बदलने से मूल्य भी बदल जाते हैं। हिंदी में बड़ों को आप, बराबरीवालों को तुम और छोटों को तू कहने की सुविधा है, लेकिन अंग्रेजी में संबोधन है 'यू'। पिताजी के लिए, पत्नी के लिए, बच्चे के लिए, सबके लिए एक ही चाबुक है। उसी से हाँकिए! हमारे यहाँ देवर, भाभी, जेठ, देवरानी, जेठानी, मासा, मौसी, चाचा, फूफा, भानजा, भतीजा, साला, जीजा सब संबोधनों के लिए निश्चित शब्द हैं। शब्दों से संबंध निश्चित होते हैं। जब मुझे कहा जाए कि ये आपके साले हैं तो मैं तत्काल समझ जाऊँगा कि ये मेरी पत्नी के भाई हैं और जब यह कहा जाए कि ये आपके जीजा हैं तो मैं तत्काल समझ जाऊँगा कि ये मेरी बहन के पति हैं, लेकिन अंग्रेजी में तो सब घोटाला है। साला और जीजा दोनों के लिए एक ही शब्द है—ब्रदर इन लॉ।

इसका कारण स्पष्ट है। मानवीय संबंधों की जिन बारीकियों का महत्त्व

हमारी संस्कृति में है, वह पश्चिम में नहीं है। एस्किमो लोगों की भाषा में बर्फ के लिए लगभग 100 शब्द हैं, जबकि हमारी भाषा में पाँच-सात। बर्फ से हमारा उतना साबका नहीं पड़ता जितना एस्किमो का। ब्रह्म के लिए, जीव के लिए, जगत के लिए, मोक्ष के लिए एक-एक शब्द के लिए हमारे यहाँ जितने भिन्न-भिन्न शब्द हैं, उतने शब्द सारी यूरोपीय भाषाओं में कुल मिलाकर नहीं हैं। और सिर्फ शब्द ही नहीं है, शब्दों के पीछे गहरी अनुभूतियाँ हैं। इस प्रकार संस्कृति से भाषा प्रभावित होती है और जैसा कि ऊपर कह आए हैं, भाषा से संस्कृति प्रभावित होती है। अपनी भाषा को छोड़कर विदेशी भाषा के पिछलग्गू बनने के पहले विद्वानों को इन तथ्यों पर विचार करना चाहिए।

□

निज भाषा उन्नति अहै, सब उन्नति को मूल।
बिन निज भाषा ज्ञान के, मिटै न हिय को शूल॥

—भारतेंदु हरिश्चंद्र

~✻~

कह कैदी कविराय,
विश्व की चिंता छोड़ो,
पहले घर में
अंग्रेजी के गढ़ को तोड़ो

—अटलबिहारी वाजपेयी

पहले तैरो, फिर पानी में उतरो

कुछ लोग कहते हैं कि अंग्रेजी हटाने के संबंध में हम आपके तर्कों से सहमत हैं, लेकिन जब तक हिंदी तथा अन्य भाषाएँ अंग्रेजी के बराबर शक्तिशाली नहीं बन जाएँ, अंग्रेजी को हटाना एक जल्दबाजीभरा कदम होगा। जब अपनी भाषाएँ सशक्त हो जाएँगी तो अंग्रेजी अपने-आप हट जाएगी।

जब आजादी का आंदोलन चल रहा था तो बिलकुल इसी तरह का तर्क अंग्रेजों के बारे में दिया जाता था। कुछ लोग कहते थे कि आजादी तो मिलनी ही चाहिए, लेकिन हम इस लायक नहीं हैं कि अपनी सरकार खुद चला सकें। जब हम अपना राज खुद चलाने लायक हो जाएँगे तो अंग्रेज अपने आप हट जाएगा। अंग्रेज यहाँ जमा रहे, इसलिए स्वयं को निरंतर नालायक सिद्ध करते रहना एक फैशन बन गया था।

आज भाषा के प्रश्न को लेकर भी यही हो रहा है। अपनी भाषाओं की तरफ, उनके सौंदर्य और सामर्थ्य की तरफ हमारे बुद्धिजीवी झाँककर भी नहीं देखते और अंग्रेजी की जूठन चाटने को सदा तैयार रहते हैं। जूठन इतनी चटपटी है कि हमारा बुद्धिजीवी भोजन की बुराइयों पर व्याख्यान देता है, ग्रंथ लिखता है, यह सिद्ध करने का प्रयत्न करता है कि भारतीय भाषाएँ समर्थ नहीं हैं।

मैं पूछता हूँ कि समर्थता से उनका मतलब क्या है? क्या व्याकरण की समर्थता? क्या लिपि की समर्थता? क्या शब्दों की समर्थता? यदि हाँ, तो मैं कहना चाहता हूँ कि इस समय हिंदी, जिसके बारे में मुझे थोड़ी-सी जानकारी है, अंग्रेजी से मीलों आगे हैं। जहाँ तक अंग्रेजी के व्याकरण और लिपि का प्रश्न है, उस पर जितना बोला जाए, कम है। स्वयं बर्नार्ड शॉ ने अपने नाटक

'पिगमेलियन' में अंग्रेजी के उच्चारण का मजाक करते हुए कहा है कि अंग्रेजी का ठीक उच्चारण हो ही नहीं सकता, क्योंकि उसके पास एक पुरानी घिसी-पिटी लिपि के अलावा कुछ नहीं है और उसमें भी बहुत कम व्यंजन ऐसे हैं, जिनके उच्चारण सर्वमान्य हैं। जिस भाषा में बी यू टी का उच्चारण 'बट' हो और पी यू टी का 'पुट' हो जाए, उस भाषा के व्याकरण के क्या कहने? इसी प्रकार एक भाषाशास्त्री ने सिद्ध किया है कि व्याकरण और उच्चारण की दृष्टि से अंग्रेजी दुनिया की सबसे कमजोर और भ्रष्ट भाषाओं में से एक है।

यहाँ मैं अंग्रेजी भाषा के छिद्रान्वेषण के काम में नहीं पड़ना चाहता, क्योंकि दूसरे की माँ के अवगुणों को गिनाने से अपनी माँ गुणवती नहीं बन जाती। हर भाषा की अपनी-अपनी कमियाँ और खूबियाँ होती हैं। उनके विश्लेषण का काम भाषाशास्त्रियों का है और उन्होंने इसे काफी अच्छी तरह किया भी है। यहाँ मैं सिर्फ यह बताना चाहता हूँ कि पश्चिमी भाषाशास्त्री भी अंग्रेजी की वैसी आरती नहीं उतारते, जैसी कि हमारे विदूषक बुद्धिजीवी उतारते हैं।

जहाँ तक भारतीय भाषाओं के शब्द-सामर्थ्य का प्रश्न है, अंग्रेजी में जितने शब्द हैं, उससे कई गुना शब्द अकेली हिंदी में हैं। फिर अन्य कई हिंदुस्तानी भाषाएँ तो हिंदी से भी अधिक प्राचीन और प्रांजल हैं। इन सब भाषाओं और सैकड़ों भारतीय बोलियों के शब्दों को यदि एक स्थान पर एकत्रित कर लें तो मेरा अनुमान है कि कम-से-कम 60 लाख शब्द बन जाएँगे।

जालंधर के एक विद्वान ने मुझे बताया कि वे हिंदी के ऐसे शब्दों का संकलन कर रहे हैं, जो पहले से ही लोक-जीवन में प्रचलित हैं। उनका कहना है कि उनके संग्रह में लगभग 15 लाख शब्द हैं। और नए शब्द बनाने की क्षमता जैसी भारतीय भाषाओं में है, वैसी दुनिया की किसी भी भाषा में नहीं है। संस्कृत की एक-एक धातु से सैकड़ों नए शब्द बन सकते हैं। पाणिनी ने लगभग दो हजार धातुएँ गिनाई हैं। मानव मन की गहनतम और सूक्ष्मतम अनुभूतियों को भारतीय भाषाएँ सहस्रों वर्षों से सफलतापूर्वक अभिव्यक्ति करती आ रही हैं।

और अगर यह मान भी लिया जाए कि भारतीय भाषाओं में कुछ विषयों के शब्द नहीं हैं तो इसका उल्टा भी सत्य है। जैसे मोटर के लिए कोई हिंदी शब्द नहीं है तो धर्म या जनेऊ या यज्ञ या ब्रह्म के लिए कौन-सा उपयुक्त

अंग्रेजी शब्द है? वास्तव में जो जीवंत भाषाएँ हैं, वे शब्दों की छुआछूत नहीं मानतीं। शब्द जिधर से भी आएं, ग्रहण किए जाने चाहिए।

मैं चाहता हूँ कि विदेशी भाषाओं के शब्द हिंदी पचा ले, जैसे कि कमीज, अलमारी, अचार आदि शब्दों को पचाया है। अब इन शब्दों का घराना-ठिकाना खोजना भी मुश्किल ही है। स्वयं अंग्रेजी के आधे से अधिक शब्द यूनानी, लातीनी और फ्रांसीसी भाषाओं से आए हैं। अंग्रेजी ने हिंदी तथा अन्य भारतीय भाषाओं के सैकड़ों शब्दों को जस-का-तस हजम कर लिया है, जैसे—पंडित, गुरु, नवाब, राजा, महावत, चौकीदार, चपाती, चारपाई आदि। भारतीय भाषाओं में भी जरूरत के मुताबिक शब्द आते जाएँगे। इस प्रकार अंग्रेजी को चलाए रखने के लिए शब्दों की कमी का तर्क तो बिल्कुल सतही है।

कमी शब्दों की नहीं, संकल्प की है। यदि अपनी भाषाओं में संकल्प के साथ सारे काम शुरू कर दिए जाएँ तो शब्द अपने आप पीछे-पीछे चले आएँगे। जब तक पानी में कूदेंगे नहीं, तैरना कैसे आएगा? यह भी कोई तर्क है कि पहले तैरना सीखो, फिर पानी में कूदो? क्या तैरना हवा में सीखा जाता है? जो भीगने से, छपछपाने से, डूबने से डरता है, वह तैरना कैसे सीखेगा?

अभी लगभग दो सौ साल पहले तक फिनलैंड के लोग स्वीडी भाषा का इस्तेमाल करते थे। उन्होंने एक दिन तय किया कि वे अपनी भाषा चलाएँगे। बस, दूसरे दिन से ही काम शुरू हो गया और आज फिनी भाषा के जरिए सारा काम-काज अच्छी तरह से चल रहा है। ज़ार के जमाने में रूस में फ्रांसीसी भाषा का दबदबा था। लेनिन ने सत्तारुढ़ होते ही एक झटके में फ्रांसीसी को खत्म कर दिया। आज रूस में बड़े-से-बड़ा काम रूसी भाषा में होता है। तन्जानिया और लीबिया में भी यही हो रहा है।

लेकिन हमारे शासकों ने अंग्रेजी के मामले में ऐसी नीति अपनाई, जो कि केवल गुलाम लोग ही अपना सकते हैं। गुलाम लोग अपने पर थोपी गई भाषा को तब तक नहीं हटा सकते जब तक उनके सिर पर एक बाहरी मालिक बैठा रहता है। आज अंग्रेजी को हटाना अंग्रेजों को हटाने से भी ज्यादा जरूरी है। अंग्रेजों ने हमारे शरीर को गुलाम बना रखा था, अंग्रेजी ने हमारे दिलो-दिमाग को गुलाम बना रखा है। अब मालिक को गए 66 साल से भी ज्यादा हो गए, लेकिन हमारा दिमागी वहम हमें अंग्रेजी को हटाने से रोकता है। सिर्फ रोकता

ही नहीं है, बल्कि अंग्रेजी को टिकाए रखने के लिए नए-नए बहाने खोजता है। बहानों का तो इलाज है, लेकिन वहम का कोई इलाज नहीं है।

व्याकरण के सवाल पर, लिपि के सवाल पर, उच्चारण के सवाल पर, शब्द-राशि के सवाल पर यानी जब हर सवाल पर अंग्रेजी मात खाती दिखाई पड़ती है तो हमारे पिछलग्गू बुद्धिजीवी एक अन्य ब्रह्मास्त्र का प्रयोग करने लगते हैं। वे किताबों की कमी का रोना लेकर बैठ जाते हैं। वे कहते हैं, भारतीय भाषाओं में किताबें ही कहाँ हैं कि शिक्षा का माध्यम बदल दिया जाए!

किताबें कम हैं, यह बात ठीक है, लेकिन इसी कारण भारतीय भाषाओं में पढ़ाई शुरू नहीं की जाए, इससे बढ़कर बोदा तर्क क्या होगा? किताबें आने पर पढ़ाई शुरू की जाएगी, यह तर्क ऐसा ही है, जैसे यह कहना कि जब तक थाली नहीं परोसी जाएगी, भूख नहीं लगेगी या भूख तभी लगेगी जब थाली परोसी जाएगी। क्या भूख थाली पर निर्भर होती है?

अगर भूख कड़ाके की हो तो थालियाँ अपने-आप प्रकट हो जाएँगी। अगर पढ़नेवाले हों और पढ़ानेवाले हों तो किताबें तैयार करने में कितनी देर लगती है? सोवियत संघ ने सैकड़ों विषयों की हजारों किताबें हाथोंहाथ तैयार की या नहीं? क्या चीन, जापान, जर्मनी और फ्रांस के बच्चे बिना किताबों के ही पढ़ गए हैं? आज समाजशास्त्र या कला संबंधी विषयों की सैकड़ों बढ़िया किताबें हिंदी में आ गई हैं या नहीं?

अगर केंद्र और राज्य की सरकारें घोषणा कर दें कि अगले साल से अंग्रेजी माध्यम की पढ़ाई खत्म हो जाएगी तो आप देखेंगे कि एक ही साल में वह चमत्कार हो जाएगा, जो पिछले दो सौ वर्षों में नहीं हुआ। सभी भारतीय भाषाओं में किताबों का अंबार लग जाएगा। अंग्रेजी माध्यम से पढ़ानेवाले अध्यापकों के रुँधे हुए गलों में नई स्वर-लहरियों की उद्भावना होगी। मौलिक विषयों को मौलिक माध्यम से पढ़ने पर छात्रों का मुरझाया प्रतिभा-कमल तत्काल खिल उठेगा। मौलिक लेखकों, अनुवादकों और प्रकाशकों की चाँदी-ही-चाँदी होगी।

हिंदी अखबारों की जबर्दस्त कामयाबी अंग्रेजी के मुँह पर करारा तमाचा है। अब कोई यह नहीं कहता कि हिंदी अखबार निकालने के पहले हिंदी को सशक्त बनाओ। हिंदी की सामर्थ्य का इससे बड़ा प्रमाण क्या होगा कि अंग्रेजी

की संवाद समितियों ने मजबूर होकर हिंदी की संवाद समितियाँ स्थापित की हैं और अंग्रेजी अखबारों के मालिक एक के बाद एक हिंदी के अखबार निकाले जा रहे हैं। सारे देश में छपनेवाले अंग्रेजी के अखबार सारी भारतीय भाषाओं के अखबारों के मुकाबले तो बहुत कम हैं ही, अकेले हिंदी अखबारों ने ही अंग्रेजी अखबारों को शिकस्त दे दी है। इस समय हिंदी अखबारों की प्रसार-संख्या अंग्रेजी अखबारों से कहीं ज्यादा है।

लगभग हर प्रदेश में अब प्रादेशिक भाषा के अखबारों का दबदबा है। हिंदी इलाके ने अपने प्रदेशों से अंग्रेजी अखबारों को खदेड़ दिया है। हिंदी पत्रकारिता ने मलयालम, तमिल, बाँग्ला, गुजराती और मराठी पत्रकारिता की तरह यह सिद्ध कर दिया है कि अपनी भाषा में अपने लोगों के लिए की जा रही पत्रकारिता निश्चित ही अधिक सशक्त है, अधिक सहज है और अधिक सार्थक है।

दिल्ली गुलामी का गढ़ है। लगता है सारे देश से खदेड़ी जा रही अंग्रेजी अब दिल्ली से चिपककर बैठ गई है। किसी भी आजाद देश के लिए इससे ज्यादा शर्म की बात क्या होगी कि उसकी राजधानी से विदेशी भाषा के लगभग एक दर्जन अखबार निकलते हैं। मानो दिल्ली भारतीयों का नहीं, विदेशियों का शहर हो। अंग्रेजी के ये अखबार ज्यादा कागज खाते हैं, ज्यादा पैसा खाते हैं, ज्यादा विज्ञापन निगलते हैं। फिर भी उतने लोगों तक नहीं पहुँच पाते, जितने लोगों तक हिंदी के अखबार पहुँचते हैं। अंग्रेजी अखबारों और अंग्रेजी संवाद समितियों पर बर्बाद किया जा रहा पैसा और श्रम अगर भारतीय भाषाओं के अखबारों पर लगाया जाए तो भारत का भाषाई नक्शा एकदम बदल सकता है।

कुछ पत्रकार बंधु पूछते हैं कि आपके आंदोलन के चलते अगर अंग्रेजी अखबार बंद हो गए तो सैकड़ों पत्रकारों का क्या होगा? मेरा जवाब है कि उनकी किस्मत चमक उठेगी और भारतीय पत्रकारिता की भी। अंग्रेजी में लिखकर वे कुल्हड़ में गुड़ फोड़ते हैं। उन्हें सिर्फ मुट्ठी भर अंग्रेजीदाँ लोग जानते हैं। अगर वे हिंदी में, बाँग्ला में, मलयालम में, तमिल में लिखेंगे तो करोड़ों पाठकों के कंठहार बनेंगे। आज उनका मुँह सरकार की तरफ और पीठ जनता की तरफ है। तब मामला जरा उलटा होगा। आज देश में सबसे ज्यादा किन टेलीविजन चैनलों को देखा जाता है? हिंदी के चैनल भारत ही नहीं, पड़ोसी देशों में भी

सबसे ज्यादा देखे जाते हैं। यही हाल फिल्मों का भी है। भारत में कितनी फिल्में अंग्रेजी में बनती हैं? करोड़ों लोग जिन फिल्मों को रोज देखते हैं, वे भारतीय भाषाओं की ही होती हैं। टी.वी., फिल्म और अखबार किसी भी राष्ट्र की भाषाई सच्चाई का दर्पण होते हैं।

अखबार के पाठकों और टी.वी. के दर्शकों के बीच अंग्रेजी की हालत कितनी दयनीय है। भारत सरकार के ताजा आँकड़ों पर आप नजर डालें तो आप दंग रह जाएँगे। भारतीय भाषाओं के अखबारों की पाठक-संख्या 20 करोड़ है जबकि अंग्रेजी के अखबारों की संख्या सिर्फ 2 करोड़ है। इसी प्रकार भारतीय भाषाओं के टी.वी. दर्शकों की संख्या लगभग 55 करोड़ है जबकि अंग्रेजी भाषी चैनलों के दर्शकों की संख्या देश में सिर्फ 3-4 करोड़ से भी कम है, उसे आप 115 करोड़ लोगों पर थोपने का दुस्साहस करते हैं।

अंग्रेजी के कुछ प्राध्यापकों ने, जो कि इस आंदोलन के साथ हैं, दबे-छिपे मुझसे यह सवाल किया है कि अगर अंग्रेजी हट गई तो हमारा क्या होगा? मैंने उनसे कहा कि आपकी कीमत बढ़ जाएगी। इसके दो कारण हैं। पहला तो यह कि आज अनिवार्य अंग्रेजी पढ़ते समय बच्चे अपने अध्यापकों को मन-ही-मन कोसते रहते हैं और अंग्रेजी पढ़ने को गधाहम्माली का काम समझते हैं। जब अंग्रेजी हटेगी तो देश में विदेशी भाषाओं की ससम्मान पढ़ाई आरंभ होगी और अंग्रेजी को जो लोग भी पढ़ेंगे, वे उसी सम्मान और स्नेह के साथ पढ़ेंगे, जिसके साथ कि वे आज जर्मन या फ्रांसीसी पढ़ते हैं।

दूसरा, अंग्रेजी के हटने के बाद देश में हजारों कुशल अनुवादकों की जरूरत होगी। जो अध्यापक घानी के बैल की तरह 30-30 साल तक एक ही तरह की पुस्तकों को रटाते रहते हैं, उन्हें नित नई पुस्तकों और साहित्य के अनुवाद का अवसर मिलेगा। बौद्धिक क्षितिज का विस्तार होगा और आमदनी भी बढ़ेगी। अंग्रेजी तो वे जानते ही हैं? यदि दूसरी विदेशी भाषाएँ भी सीख लेंगे तो वे अधिक उपयोगी आदमी बन सकेंगे। इन्हीं लोगों को अंग्रेजी हटाओ आंदोलन में सबसे अधिक सक्रिय होना चाहिए।

□

विदेशों में अंग्रेजी* : मेरे अनुभव

मेरे अंतरराष्ट्रीय पारपत्र पर लगभग एक दर्जन देशों के छापे लगे हैं,लेकिन उन सब में केवल मेरा अपना देश भारत ही एक मात्र ऐसा देश है, जिसका छापा उसकी अपनी जुबान में नहीं है। मैंने करीब आधा दर्जन हवाई कंपनियों से विभिन्न देशों की यात्रा की, लेकिन उन सब में केवल अपने देश की हवाई कंपनी, 'एयर इंडिया' की विमान परिचारिकाएँ ही एक मात्र ऐसी विमान परिचारिकाएँ थीं, जो अपने देशवासियों के साथ परदेसी भाषा में बात करती थीं। यदि इस प्रकार की घटनाओं से किसी देश के नागरिकों का सिर ऊँचा होता हो, सचमुच भारतीय लोग अपना सिर आसमान तक ऊँचा उठा सकते हैं।

हमारे देश में यह आम धारणा है कि विदेशों में अंग्रेजी ही चलती है, अंग्रेजी के बिना हम विदेशों से संपर्क नहीं रख सकते, अंग्रेजी के जरिए ही विदेशी मुल्कों ने विज्ञान और तकनीक के क्षेत्र में उन्नति की है। इस तरह की दकियानूसी और पिछड़ेपन की बातों पर लंबी बहस चलाई जा सकती है, लेकिन यहाँ मैं केवल उन छोटे-मोटे अनुभवों का वर्णन करूँगा जो पूरब और पश्चिम के देशों में भाषा को लेकर मुझे हुए।

मैं एशियाई देशों में अफगानिस्तान, ईरान और तुर्की गया, यूरोपीय देशों में रूस, चेकोस्लोवाकिया, इटली, स्विट्जरलैंड, आस्ट्रेलिया, फ्रांस, जर्मनी तथा ब्रिटेन गया तथा यात्रा का अधिकांश भाग अमेरिका और कनाडा में बिताया। इन देशों में से एक भी ऐसा देश नहीं था जिसकी सरकार का

---

*लेखक ने अपने अंतरराष्ट्रीय राजनीति के शोध-कार्य के लिए 1969 में पहली बार कई देशों का दौरा एक साथ किया था।

काम-काज उस देश की जनता की जुबान में नहीं होता हो।

अफगानिस्तान जैसा देश, जहाँ राजशाही थी और जहाँ राज-परिवार के अधिकांश सदस्यों की शिक्षा पेरिस या लंदन में हुई है, वहाँ भी शासन का काम या तो फारसी (दरी) या पश्तो में होता है। मैंने अफगानिस्तान के लगभग सभी प्रांतों की यात्रा की और सभी दूर शासकीय दफ्तरों में जाने का अवसर मिला, कहीं भी किसी भी, दफ्तर में अंग्रेजी का इस्तेमाल होते हुए नहीं देखा। आप चाहे विदेश मंत्रालय में चले जाएँ या गृह मंत्रालय या पुलिस चौकी या किसी राज्यपाल के दफ्तर में, आप पाएँगे कि बड़े-से-बड़ा अधिकारी अपनी देश-भाषा का प्रयोग करता है। अफगानिस्तान में मैं विदेशी था लेकिन अफगान विदेश मंत्रालय ने राज्यपालों के नाम मेरे लिए जो पत्र दिए वे 'दरी' में थे, अंग्रेजी में नहीं। अफगानिस्तान के कई विद्वानों, पत्रकारों और नौकरशाहों से मेरी बात हुई। उनमें से एक-दो टूटी-फूटी अंग्रेजी बोल सकते थे लेकिन वे मुझसे 'दरी' (फारसी) में ही बात करना पसंद करते थे।

इसी प्रकार सोवियत रूस में 'इंस्तीतूते नरोदोफ आजी' के निदेशक ने मस्क्वा के विभिन्न पुस्तकालयों के नाम मुझे जो पत्र दिए, वे रूसी भाषा में थे। इस संस्था के निदेशक प्राचार्य बाबाजान गफूरोव, जो कि रूस के श्रेष्ठतम विद्वानों में से एक थे, अंग्रेजी नहीं जानते। उनके अलावा अंतरराष्ट्रीय मामलों के ऐसे अनेक रूसी विद्वानों से भेंट हुई, जो अंग्रेजी नहीं जानते। जो अंग्रेजी जानते हैं, वे भी अपनी रचनाएँ रूसी भाषा में ही लिखते हैं और फिर उनका अनुवाद होता है। अंग्रेजी या फ्रांसीसी उनके लिए आकलन की भाषा है, सूचना देनेवाला एक माध्यम है, उनकी अभिव्यक्ति को कुंठित करनेवाला गलाघोंटू उपकरण नहीं है। मस्क्वा में सैकड़ों भारतीय विद्यार्थी विज्ञान और इंजीनियरी का उच्च अध्ययन कर रहे हैं। उन्हें सारी शिक्षा रूसी भाषा के माध्यम से ही दी जाती है। मस्क्वा में एक बार हम लोग विज्ञान और तकनीक की प्रदर्शनी देखने गए। वहाँ मालूम पड़ा कि जिस वैज्ञानिक ने अंतरिक्ष यान आदि के आविष्कार किए हैं, उसने अपनी रचनाएँ रूसी भाषा में लिखी हैं।

इसी प्रकार जर्मनी और फ्रांस के विश्वविद्यालयों में ऊँची-से-ऊँची

पढ़ाई उनकी अपनी भाषाओं में होती है। विश्वविद्यालयों के कई महत्त्वपूर्ण प्राचार्य अंग्रेजी नहीं बोल सकते थे। आस्ट्रिया में मैं वियना के एक विश्वविद्यालय में दर्शन के कुछ अध्यापकों से मिलना चाहता था। मेरे साथ कोई दुभाषिया नहीं था। कोई आधा घंटा परेशान होने के बाद एक आदमी ऐसा मिला जो मेरी बात का जर्मन भाषा में तर्जुमा कर सकता था। यही अनुभव मुझे फ्रांस में हुआ। पेरिस में जब मैंने प्रसिद्ध साहित्यकार ज्यां पाल सार्त्र को फोन किया तो उन्होंने मुझे मिलने का वक्त तो दे दिया लेकिन में उनसे नहीं मिल सका, क्योंकि न तो मैं फ्रांसीसी में बात कर सकता था और न ही वे अंग्रेजी में।

लंदन में 'लंदन स्कूल ऑफ इकोनॉमिक्स' की ओर से एक अंतरराष्ट्रीय परिसंवाद हुआ। उसमें यूरोप के विभिन्न देशों से अनेक विद्वान आए थे। या तो हिंदुस्तानी विद्वान अंग्रेजी बोलते थे या हमारे पुराने स्वामी अंग्रेजी बोलते थे। यूरोप के विद्वान या तो ज्यादातर चुप बैठे रहते थे या टूटी-फूटी अंग्रेजी में बोलते थे। जब 'इटली के गांधी' श्री दानिएल दोल्ची ने अपना भाषण इतालवी जुबान में किया तो मेरी भी हिम्मत बढ़ी। मैंने अपनी बात हिंदी में कही, जिसका तर्जुमा श्री निर्मल वर्मा ने किया। तत्पश्चात् जो अन्य यूरोपीय लोग वहाँ चुप बैठे थे, वे भी अपनी-अपनी भाषाओं में बोलने लगे। और किसी न किसी ने उनके भाषणों का भी तर्जुमा कर दिया। वहाँ लगभग आधा दर्जन भारतीय थे और एकाध सज्जन को छोड़कर सभी लोग त्रुटिपूर्ण और भद्दी अंग्रेजी बोल रहे थे, लेकिन अपनी जुबान का ठीक इस्तेमाल करने की हिम्मत किसी की भी नहीं हो रही थी।

चेकोस्लोवाकिया में वहाँ के प्रसिद्ध जन-नेता और संसद् के अध्यक्ष डॉ. स्मरकोवस्की से जब मैं मिलने गया तो उनके विदेश मंत्रालय ने एक ऐसा दुभाषिया भेजा 'जो अंग्रेजी से चेक में अनुवाद करता था। मैंने कहा कि "मैं भारतीय हूँ, मेरे लिए अंग्रेजी वाला दुभाषिया क्यों भेजा?" उन्होंने कहा कि आपके देश से आने वाले विद्वान, नेता और कूटनीतिज्ञ अंग्रेजी का ही प्रयोग करते हैं। यहाँ ध्यान देने योग्य बात यह है कि डॉ. स्मरकोवस्की जैसे राष्ट्रनेता यूरोपीय होने के बावजूद भी अंग्रेजी का प्रयोग नहीं करते। इसी प्रकार अफगानिस्तान के भूतपूर्व प्रधानमंत्री सरदार दाउद, जो कि अपने

देश के इतिहास में सबसे बड़े शासकों में से एक माने जाते हैं, अंग्रेजी में बात नहीं कर सकते थे। उनके साथ मेरी बातचीत 'दरी' में ही हुई।

नामपट अंग्रेजी में नहीं

ब्रिटेन को छोड़कर यूरोप के बाजारों में आपको एक भी नामपट अंग्रेजी में नहीं मिल सकता। हर देश के लोग अपनी-अपनी भाषा में ही अपनी-अपनी दुकानों के नाम लिखते हैं।

दुकानों में बिकनेवाली चीजों पर लगी मोहरें भी अपनी ही भाषा में होती हैं। कई दुकानों में से तो मुझे वापस लौट आना पड़ता था, क्योंकि सामान बेचनेवाली लड़कियाँ सिर्फ फ्रांसीसी भाषा में ही बोलती थीं। यदि आप उनसे अंग्रेजी में बोलें तो वे इसका बहुत बुरा मानती हैं।

यदि आप अंग्रेजी के सहारे बैठे रहें तो यूरोप में तो भूखों मर जाएँ। चेकोस्लोवाकिया में मैंने एक होटल में वहाँ की भोजन परोसने वाली महिलाओं को बहुत समझाया कि मैं माँस नहीं खाता हूँ, लेकिन वे बार-बार माँस की तश्तरी ले आती थीं। तब एक विदुषी महिला ने आकर पूछा कि 'क्या आप भारतीय हैं?' तो मैंने कहा, 'हाँ'। तब उन्होंने चेक भाषा में ही पूछा कि 'क्या आप योगी हैं'? क्या आप जैन हैं? मैंने उन्हें रूसी भाषा में बताया कि 'मैं योगी तो नहीं हूँ, लेकिन शाकाहारी हूँ और लगभग जैन ही हूँ।' तब जाकर कहीं भोजन मिला।

वैसे यूरोप की राजधानियों में तथा बड़े शहरों में फिर भी कुछ लोग अंग्रेजी जाननेवाले मिल जाते हैं, लेकिन यदि आप किसी देश के आंतरिक भागों में चले जाएँ तो या तो आपके साथ दुभाषिया हो या आप इशारों और सामान्य बुद्धि का प्रयोग करें, तभी काम चल सकता है। अधिकांश देशों में मेरे मित्र ही दुभाषिए का काम कर देते थे और जहाँ मुझे अकेले जाना पड़ता था, भारी कठिनाई का सामना करना पड़ता था। हर देश के दैनिक अखबार अपनी स्थानीय भाषा में निकलते हैं। वहाँ अंग्रेजी अखबार प्राप्त करना काफी कठिन होता है। स्विट्जरलैंड में मैं लीस्ताल नामक एक गाँव में रहता था। वहाँ एक से एक बढ़िया स्विस अखबार मिल सकते थे, लेकिन यदि आपको अंग्रेजी भाषा में ब्रिटिश और अमेरिकी अखबार खरीदना हो तो

ज्यूरिक या बर्न जाना होता था।

विदेशों में भारतीय दूतावासों में अंग्रेजी का बोलबाला है, चाहे वह काबुल हो या पेरिस। हमारे दूतावासों के सारे कर्मचारियों में से मुश्किल से एक-दो कर्मचारी ऐसे होते हैं जो उस देश की भाषा जानते हैं, जिस देश में उन्हें कूटनीति चलाना है। उन्हें कूटनीति करना है, फ्रांसीसियों के साथ और भाषा बोलते हैं, अंग्रेजों की। हमारे शिक्षक पढ़ाते हैं अफगान बच्चों को और उस भाषा का इस्तेमाल करते हैं, जो अंग्रेज बच्चों को पढ़ाने के लिए की जानी चाहिए। शायद हम लोगों ने भाषा के महत्त्व को बिलकुल भी नहीं समझा है।

हम नहीं जानते कि जब हम सामनेवाले की भाषा का सम्मान करते हैं और उसी में बोलते हैं तो उसे कितनी प्रसन्नता होती है। इसका प्रत्यक्ष अनुभव मुझे रूस और अफगानिस्तान में हुआ। किसी मेवा बेचने वाले पठान से मैं चार बात काबुली भाषा में कर लेता हूँ तो उसका दिल भर जाता है। रूस में रूसी विद्वानों को यह देखकर बहुत ही प्रसन्नता हुई कि मेरा हिंदी में लिखे शोधग्रंथ की कुछ पाद टिप्पणियाँ रूसी भाषा में थीं। हमारा दुर्भाग्य यह है कि हम दुनिया में कहीं जाएँ, अंग्रेजी का इस्तेमाल करते हैं। इस प्रवास में मुझे अनेक कूटनीतिक रात्रिभोजों में शामिल होने का अवसर मिला। इन भोजों में हिंदुस्तानी कूटनीतिज्ञ अपने साथियों और देशवासियों से अंग्रेजी में बात करते हैं जबकि दूसरे देशों के कूटनीतिज्ञ अपने साथियों से उनकी जुबान में बात करते हैं। कितना अच्छा हो कि हमारे दूतावास के कर्मचारी, जिस देश में दूतावास है, उस देश की भाषा सीखें और अपने देशवासियों से स्वदेशी भाषाओं में बात करें।

पिछलग्गू बौद्धिक

मैं जिस देश में भी जाता, अन्य सामाजिक और राजनैतिक प्रश्नों के अलावा भाषा के सवाल पर बहस जरूर होती, क्योंकि मेरा अंतरराष्ट्रीय राजनीति का शोधग्रंथ हिंदी में था, और उसे लेकर भारत की संसद् में जबरदस्त बहस हुई थी। सारी दुनिया के पढ़े-लिखे लोगों में मेरा नाम फैल चुका था। इसलिए भाषा का सवाल घूम-फिरकर आ ही जाता। अफगानिस्तान

और सोवियत संघ के जिन जिम्मेदार लोगों को 'इंडियन स्कूल ऑफ इंटरनेशनल स्टडीज' के साथ हुए मेरे भाषायी विवाद का पता था, उनमें से कई ने इस कदम को उचित बताया और सोवियत विद्वानों ने तो यह भी कहा कि मैं चाहूँ तो मेरा शोधग्रंथ वे हिंदी और रूसी भाषा में भी छपवा सकते हैं। इसके विपरीत ब्रिटेन और अमेरिका में वहाँ के विद्वानों को इस बात का भारी दुःख था कि मैंने उनकी महान् भाषा को चुनौती दे दी थी। जैसे कि मैंने अंग्रेजी के एकाधिकार को चुनौती देकर भारी पाप किया है।

कनाडा में 'इंडो-कनाडियन इंस्टीट्यूट' के कार्यकारी निदेशक से भारत में बौद्धिक उपनिवेशवाद के विषय पर चर्चा हुई। उनको मैंने यह सुझाव दिया कि इस संस्था की स्थापना श्री लालबहादुर शास्त्री की स्मृति में हुई है। अत: आप कम-से-कम इतना करें कि इस संस्था के अंतर्गत किए गए शोधकार्यों का भारतीय भाषाओं में तर्जुमा करवाएँ तथा भारतीय भाषाओं में कार्य करनेवाले विद्वानों को विशेष रूप से छात्रवृत्तियाँ दें। उन्होंने कहा कि उन्हें तो ये सुझाव मंजूर हैं, लेकिन पता नहीं भारतीय शिक्षा-मंत्रालय की क्या प्रतिक्रिया होगी। तब मैंने कहा, 'उसका तो मुझे भी पता नहीं है।'

कई अमेरिकी विश्वविद्यालयों में भाषा के सवाल को लेकर अमेरिकी प्रोफेसरों से सुतीक्ष्ण विवाद चले। मैंने उन विद्वानों को नम्रतापूर्वक यह बताने की कोशिश की कि कुछ भारतीयों द्वारा अंग्रेजी को एकांगी महत्त्व देने का परिणाम यह हुआ है कि भारत के अधिकांश बुद्धिजीवियों की मौलिक प्रतिभा कुंठित हो गई है, वे आपके बौद्धिक पिछलग्गू बन गए हैं और वे लफ्फाजी को बौद्धिकता समझने लगे हैं। फलस्वरूप पिछले दो-ढाई सौ साल में भारत में स्वतंत्र चिंतन की परंपरा को ठेस लगी है। जो कुछ अंग्रेज और अमेरिकी लोग लिखते-पढ़ते हैं, हिंदुस्तान के अंग्रेजीपरस्त बुद्धिजीवी उसी की जुगाली करते रहते हैं। वे आपके और हिंदुस्तान की जनता के बीच बौद्धिक दलाली करते हैं। अंग्रेजी के कारण आपके और उनके रिश्ते घनिष्ट हो गए हैं और उनके और हिंदुस्तान की आम जनता के बीच खाई बढ़ती जा रही है।

जब अमेरिकी राजनीतिज्ञ और विद्वान मुझसे कहते कि वे हिंदुस्तान की जनता से दोस्ती करना चाहते हैं तो मैं उनसे उपरोक्त बात कहकर पूछता कि

अगर आप हिंदुस्तान की जनता से दोस्ती करना चाहते हैं तो फिर चंद दकियानूसी बुद्धिजीवियों की जुबान को क्यों बढ़ावा देते हैं? क्यों भारतीय लोक-भाषाओं का तिरस्कार करते हैं? यदि आपको अपनी भाषा प्यारी है तो आप दूसरों को उनकी भाषा में काम क्यों नहीं करने देते? क्या आप यह पसंद करेंगे कि यदि आज से 50 साल बाद भारत अमेरिका जितना ताकतवर देश हो जाए तो वह अमेरिका पर भी कोई भारतीय भाषा थोपने की साजिश करे?

मैंने उन्हें बताया कि भारत में अब वह दिन दूर नहीं जब अंग्रेजी बोलनेवाले लोगों और आम जनता का रिश्ता वैसा ही हो जाएगा जैसा च्यांग कोई शेक और चीन की जनता के बीच था। मैंने उनको यह भी बताया कि मैं और मेरे जैसे लाखों नौजवान, जो देश को उसकी जुबान लौटाने के लिए संघर्ष कर रहे हैं, अंग्रेजी भाषा से नफरत नहीं करते। हम अंग्रेजों या अमेरिकियों से घृणा नहीं करते हैं बल्कि हमारी मान्यता यह है कि हमारे देश में अंग्रेजी, उपनिवेशवाद का एक अवशेष है। एक ऐसा हथियार है, जिसका इस्तेमाल पढ़ा-लिखा शहरी वर्ग आम जनता के हितों के विरुद्ध अपने स्वार्थों के लिए कर रहा है। अभिजात वर्ग की इस स्वार्थ-लिप्सा से हमारे देश की संस्कृति, हमारे बालकों की शिक्षा, आर्थिक समानता के प्रयत्न, बौद्धिक मौलिकता आदि सभी बातों पर बुरा असर पड़ रहा है।

मैंने अमेरिकी मित्रों से पूछा कि क्या अपने दोस्तों का नुकसान करके ही आप उनसे दोस्ती बढ़ाना चाहते हैं? अधिकांश अमेरिकियों की ये बातें बहुत अजीब लगती थीं, कुछ उबल भी पड़ते थे, लेकिन जब मैं उनके संसदीय दस्तावेज दिखलाकर उनको बतलाता कि देखिए भारत में अंग्रेजी को प्रोत्साहित करने के पीछे अमेरिकी सरकार के क्या स्वार्थ हैं, तो वे चुप हो जाते। केवल एक अमेरिकी प्रोफेसर ने, जो पेंसिलवानिया विश्वविद्यालय में दक्षिण एशियाई राजनीति के बड़े विद्वान माने जाते हैं, मुझे अपने पत्र में लिखा कि "जब तक आप अंग्रेजी में पत्र-व्यवहार करेंगे, हमारा संपर्क बना रह सकता है। आपसे मिलने के बाद मुझमें फिर से हिंदी का गंभीर अध्ययन करने की प्रेरणा जगी है, जो पिछले कुछ सालों से छूट गया था। मुझे विश्वास है कि आप अपने हिंदी-जगत में लौटने के बाद भी बाहरी संसार

को नहीं भूलेंगे। लेकिन यह निश्चित रूप से अच्छा है कि अपने (राष्ट्रीय) चरित्र को जाना जाए और उस पर जोर दिया जाए तथा बौद्धिक और राजनैतिक रूप से दूसरों के दबाव में नहीं रहा जाए।'' इन्हीं प्रोफेसर महोदय ने कुछ दिनों बाद जो दूसरा पत्र लिखा, उसमें कहा, ''मैं आपसे कहना भूल गया कि हमारे घर के दरवाजे पर एक नामपट टँगा हुआ है, जिस पर लिखा है—श्रीमती एवं डॉ. नार्मन डी. पामर, हिंदी और अंग्रेजी दोनों में।''

□

भारत पहुँचकर मुझे यह देखकर दुःख हुआ कि बहुत से शिक्षित लोग अपनी ही संस्कृति से नितांत अनभिज्ञ हैं और अंग्रेजी बोलना तथा विदेशी सभ्यता में रँग जाना गौरव की बात समझते हैं।

—फादर डॉ. कामिल बुल्के

चेहरा अंग्रेजी का और मुखौटा हिंदी का

जहाँ तक भाषा का सवाल है, आजादी के ये 66 साल गुलामी के 100 सालों से भी बदतर सिद्ध हुए हैं। जब भारत गुलाम था तो स्वभाषा के अभिमान की ज्वाला महर्षि दयानंद और महात्मा गांधी जैसे महापुरुषों ने देश के कोने-कोने में धधका रखी थी। ऐसा लगता था कि देश के आजाद होते ही अंग्रेजों के साथ उनकी भाषा अंग्रेजी भी विदा हो जाएगी। गांधीजी कहा करते थे कि आजादी मिलते ही देश का सारा काम-काज अपनी भाषा में शुरू हो जाना चाहिए। उन्होंने तो यहाँ तक कहा था कि आजादी के छह महीने बाद भी यदि कोई आदमी संसद् या विधानसभा में अंग्रेजी में बोलता हुआ पाया गया तो मैं उसे गिरफ्तार करा दूँगा।

अच्छा हुआ कि आजादी के छह महीने पूरे होते, उसके पहले ही गांधीजी हमसे बिदा हो गए। वरना चिर-निद्रा में विलीन होने के पहले वे अपनी छाती पर एक के बजाय दो पत्थर रखकर जाते! एक तो खंडित भारत का और दूसरा अंग्रेजी के राज्याभिषेक का। ये दोनों गोडसे की गोलियों से भी ज्यादा नुकीले थे। गोडसे की गोलियाँ गांधीजी के पार्थिव शरीर को भेदकर ठंडी पड़ गईं। लेकिन गांधीजी के परमप्रिय शिष्यों द्वारा चलाए गए ये दो पत्थर आज भी कोटि-कोटि असहाय, पीड़ित, दलित और बेजुबान भारतीयों और पाकिस्तानियों के जीवनों को, अस्तित्व को तोड़ते जा रहे हैं।

हिंदी का मुखौटा

ये जो दूसरा पत्थर है, अंग्रेजीवाला, जिसे आजादी के दीवाने ठोकरों पर ठोकरें लगाते रहे, आजादी आने पर संविधान के मंदिर में उसे ही भगवान

बनाकर बिठा दिया गया। संविधान की धारा 343 में हिंदी को राजभाषा तो माना गया, किंतु उसके गले में अंग्रेजीवाला पत्थर बाँध दिया गया। सन् 1950 के संविधान ने कहा कि 15 साल तक यानी 1965 तक तो सरकार के सारे काम हिंदी या अंग्रेजी किसी भी भाषा में चल सकते हैं और सन् 1965 के बाद कौन-कौन से कामों से अंग्रेजी को बिदा किया जाए, यह तय करने के लिए सन् 1955 और सन् 1960 में दो भाषा-आयोग बनाए जाएँगे। उनकी सिफारिशों पर संसद्-सदस्यों की एक समिति विचार करेगी और इस समिति की रपट के आधार पर यदि राष्ट्रपति उचित समझेंगे तो अंग्रेजी के प्रयोग पर रोक लगाएँगे।

साथ में यह भी जोड़ दिया गया कि यदि संसद् उचित समझेगी तो धारा 343 (3) के अंतर्गत कुछ विशिष्ट क्षेत्रों में अंग्रेजी को सन् 1965 के बाद भी बनाए रखने के लिए कानून बना सकती है। इसके अलावा धारा 348 में बहुत ही साफ शब्दों में हिंदी का पत्ता काट दिया गया। धारा 348 के अनुसार सर्वोच्च न्यायालय, उच्च न्यायालय तथा कानून की प्रामाणिक भाषा केवल अंग्रेजी ही होगी। प्रांतों के न्यायालय में सुनवाई और बहस चाहे भारतीय भाषाओं में करने की छूट राष्ट्रपति दे सकता है, लेकिन अदालतों के निर्णय, आदेश आदि केवल अंग्रेजी में होंगे। इसी प्रकार प्रांतीय विधान सभाओं के कानून चाहे प्रांतीय भाषाओं में हों, लेकिन केवल उनके अंग्रेजी अनुवाद ही प्रामाणिक माने जाएँगे। इतना ही नहीं, इस धारा में फेर-बदल करने के लिए संसद् को कोई अधिकार नहीं दिया गया। संसद् यदि इस प्रावधान में कोई परिवर्तन करना चाहे तो उसे राष्ट्रपति तब तक इस विषय में अपनी सहमति नहीं देगा जब तक कि वह भाषा-आयोगों और संसदीय समितियों की रपट पर विचार न कर ले।

दूसरे शब्दों में जनता को भरमाने के लिए राजभाषा के रूप में हिंदी का मुखौटा सामने कर दिया गया और इस निर्जीव मुखौटे के नीचे एक सजीव और चालाक चेहरा अंग्रेजीवाला रख दिया गया। ज्यों-ज्यों समय बीता, मिट्टी का मुखौटा गलने लगा और अंग्रेजीवाला असली चेहरा उभरने लगा। सन् 1955 में शासकीय भाषा-आयोग बना, उसने राष्ट्रपति के सामने सन् 1956 में और संसद् के सामने सन् 1957 में अपनी सिफारिशें पेश कीं। संसद् की राजभाषा

समिति ने इन सिफारिशों पर विचार करते हुए सन् 1950 के संवैधानिक प्रावधानों को शीर्षासन करा दिया और दो टूक शब्दों में कहा कि सन् 1965 तक अंग्रेजी को संघ की मुख्य राजभाषा और हिंदी को उनकी सह-राजभाषा के रूप में रखा जाए।

सन् 1965 तक मलिका दासी के पाँव धोए और अब सन् 1965 में हिंदी मुख्य राजभाषा बने तो अंग्रेजी को तब तक जरूरत हो तब तक कुछ विशेष कार्यों के लिए सह-राजभाषा के रूप में बनाए रखा जाए। दूसरों शब्दों में, भाषा आयोग और भाषा-समिति दोनों ने अंग्रेजी के प्रयोग को सीमित करने के बजाय उसे किसी-न-किसी रूप में बढ़ाने और टिकाए रखने की सलाह दी। जब बागड़ ही खेत चरने लगे तो खेत का अल्ला ही बेली है।

सन् 1959 में संसद् में पं. जवाहरलाल नेहरु ने अहिंदीभाषी राज्यों को अंग्रेजी के प्रश्न पर निषेधाधिकार प्रदान कर दिया। उन्होंने आश्वासन दे दिया कि जब तक अहिंदीभाषी राज्य चाहेंगे, संघ के कार्यों में अंग्रेजी का रुतबा कायम रहेगा। सन् 1960 में इसी आशय का आदेश राष्ट्रपति ने जारी कर दिया। गृह मंत्रालय ने एक आदेश में साफ-साफ कहा कि संघ के कार्यों के लिए वर्तमान में अंग्रेजी के प्रयोग पर किसी भी प्रकार का प्रतिबंध नहीं लगाया जाए। सन् 1963 में भारत सरकार ने राजभाषा विधेयक प्रस्तुत कर दिया, जिसका उद्‌देश्य तत्कालीन गृहमंत्री श्री लालबहादुर शास्त्री के शब्दों में एक 'अनवरत द्विभाषावाद' को चलाए रखना था।

इस विधेयक ने अंग्रेजी को अनंतकाल तक हिंदी की सह-राजभाषा का पद देकर उस मुखौटे को भी नोंचकर फेंक दिया जो सन् 1950 में जनता के डर के मारे सरकार ने अंग्रेजीवाले मुख पर चढ़ा रखा था। सन् 1963 के भाषा विधेयक ने संघ लोक सेवा आयोग में हिंदी के प्रयोग की मृग-मरीचिका को भी जागृत किया, लेकिन मद्रास और बंगाल के दबाव के कारण वह एक पवित्र इरादा मात्र बनकर रह गई।

सन् 1965 में हिंदी स्वत: ही भारत की प्रमुख राजभाषा बन गई। दक्षिण का विरोध उग्र होता गया। परिणामस्वरूप सन् 1967 में भारत सरकार ने सन् 1963 के राजभाषा विधेयक में संशोधन पेश किया, जिसे सन् 1968 में संसद् ने स्वीकार कर लिया। इस संशोधित राजभाषा विधेयक में ऐसा प्रावधान

कर दिया गया कि जब तक एक भी अहिंदीभाषी राज्य चाहेगा, संघ सरकार का कार्य अंग्रेजी में चलता रहेगा। हिंदी भाषी राज्य यदि किसी अहिंदीभाषी राज्य को पत्र लिखेगा तो उसका अंग्रेजी अनुवाद साथ में भेजना पड़ेगा तथा जब तक कर्मचारी अच्छी हिंदी न सीख लें तब तक संघ सरकार के विभिन्न विभागों में हिंदी पत्रों के साथ अंग्रेजी अनुवाद संलग्न करना आवश्यक है। यानी अंग्रेजी अनिवार्य रूप से बनी रहेगी। इसका उलटा नहीं होगा अर्थात् यदि कोई विभाग अंग्रेजी में पत्र भेजे या कोई हिंदी-भाषी राज्य को अंग्रेजी में पत्र भेजे तो उसके साथ उसका हिंदी अनुवाद भेजना जरूरी नहीं है।

सन् 1968 के इस संशोधित अधिनियम में जहाँ अंग्रेजी को अनंत काल तक बनाए रखने की साजिश की गई थी, वहाँ केवल यह बात आशा की एक किरण के रूप में थी कि संघ लोक सेवा आयोग की भरती की नौकरियों में, आयोग से परामर्श करने के बाद सभी क्षेत्रीय भाषाओं को परीक्षा का वैकल्पिक माध्यम बना दिया जाएगा तथा 'संघीय नौकरियों में भरती के लिए चयन के समय उम्मीदवारों की हिंदी या अंग्रेजी का ज्ञान अनिवार्य रूप से होना चाहिए।' अर्थात् हिंदी या अंग्रेजी दोनों में से यदि उम्मीदवार को किसी एक भाषा का ज्ञान होगा तो उसका चयन हो सकता है। दूसरे शब्दों में, पहली बार अंग्रेजी को ऐच्छिक बनाया गया। अंग्रेजी के ज्ञान के बिना भी किसी व्यक्ति का चयन संघ लोक सेवा आयोग के लिए हो सकता है।

संशोधित भाषा अधिनियम को पारित हुए 50 साल हो गए हैं। संघ लोक सेवा आयोग अभी तक सोया हुआ है। संसद् में मंत्रिगण आश्वासन देते रहते हैं। सरकारी परीक्षाओं में अंग्रेजी की अनिवार्यता पूर्ववत कायम है। अंग्रेजी नहीं जाननेवाले या कम जाननेवाले उम्मीदवारों के लिए भरती और पदोन्नति के मार्ग अवरुद्ध हैं। कुछ साल पहले अनुवाद ब्यूरो के एक कर्मचारी श्री कोमल किशोर सिंघल का मामला सामने आया था। सभी आवश्यक योग्यताओं के बावजूद सिंघल की पदोन्नति रोक देने के लिए यह शर्त लगा दी गई कि उन्हें अंग्रेजी के अनिवार्य पर्चे में पास होना पड़ेगा। पद है हिंदी टाइपिस्ट का और अनिवार्य है अंग्रेजी का जानना। कितनी विडंबना है? यह संशोधित भाषा-अधिनियम का सरासर उल्लंघन है। लेकिन मंत्रिगणों के माथे पर जूँ भी नही रेंगती। पिछले दिनों बिहार के श्यामरुद्र पाठक और

अमरेंद्र सिंह आदि नौजवानों ने 'इडियन इंस्टीट्यूट ऑफ टेक्नालॉजी' में संघर्ष चलाया। कितनी लज्जा की बात है कि आजाद भारत में उन्हें अपनी भाषाओं के लिए अनशन करना पड़ा। पुष्पेंद्र चौहान और उनके साथियों ने संघ लोक सेवा आयोग पर दसियों वर्ष से धरना दिया, मैंने देश के पूर्व और भावी प्रधानमंत्रियों, राष्ट्रपति और अन्य नेताओं को वहाँ विरोध प्रदर्शन के लिए इकट्ठा किया, लेकिन संघ लोक सेवा आयोग में अभी तक अंग्रेजी का वर्चस्व ज्यों-का-त्यों बना हुआ है।

इसी प्रकार दिल्ली प्रशासन के भरती के विज्ञापनों में उम्मीदवारों के लिए हिंदी के साथ-साथ अंग्रेजी की जानकारी को अनिवार्य शर्त माना गया है। इससे बढ़कर लज्जा की बात क्या हो सकती है कि दिल्ली जैसे हिंदीभाषी इलाके में किसी नौजवान के पेट पर सिर्फ इसीलिए लात मार दी जाए कि वह अंग्रेजी में प्रवीण नहीं है? दिल्ली में बैठकर लंदन की भाषा के लिए दुराग्रह करना फूहड़पन ही है। लेकिन गांधीजी के इन शिष्यों को कौन बरज सकता है?

आजादी में पूरे गुलाम

वास्तव में भारत के संविधान में राजभाषा का अध्याय भारतीय भाषाओं को राजतिलक करने का अध्याय नहीं है, बल्कि भारत की कोटि-कोटि जनता पर अनंत काल तक अंग्रेजी को थोपने का अध्याय है। संविधान के लागू हाने के बाद देश में अंग्रेजी का दबदबा बढ़ा है। अंग्रेज के जमाने में केंद्रीय अफसरों के लिए क्षेत्रीय भारतीय भाषाएँ सीखना आवश्यक था। जब आजादी आई तो सिर्फ अंग्रेजी जानना जरूरी रह गया। गुलामी में हम आधे गुलाम थे, आजादी में हम पूरे गुलाम हो गए।

अंग्रेज के जमाने में प्रशासन में ऊपर-ऊपर अंग्रेजी थी, नीचे-नीचे स्थानीय भाषाएँ। आजादी आई तो ऊपर-नीचे सभी तरफ अंग्रेजी हो गई । पहले वह केंद्र और प्रांत की राजधानी में थी, अब कस्बों और गाँवों में भी पहुँच गई। सरकारी दफ्तरों का लगभग सारा काम-काज अंग्रेजी में होता है। क्या आप विश्वास करेंगे कि सरकार ने हिंदी के प्रचार-प्रसार के लिए जो संस्थाएँ बनाई हैं, उनका दफ्तरी काम-काज भी अंग्रेजी में चलता है? विश्व हिंदी सम्मेलन के पत्र भी अंग्रेजी में आते हैं।

जब देश गुलाम था तो करीब छह सौ राजाओं के राज-क्षेत्र में ऊँचे-से-ऊँचे स्तर तक भारतीय भाषाएँ चलती थीं। जहाँ तक भाषा का सवाल है, राजा और प्रजा के बीच, हुक्म और फरियाद के बीच कोई दीवाल नहीं थी। आजादी आई। राज खत्म हो गए। उनकी जगह तो नए राजा आए, उन्होंने अपने चारों तरफ अंग्रेजी की दीवाल खड़ी कर ली। सारी जनता पर संविधान ने अंग्रेजी थोप दी। जो क्षेत्र अंग्रेजों के अधिकार में थे वहाँ तो अंग्रेजी चल ही रही थी। अब राज्यों के विलयन का नतीजा यह हुआ कि राज्यवाले इलाकों में भी अंग्रेजी चल पड़ी।

भारत का प्रशासन पिछले सालों में जादू-टोना बनकर रह गया। स्वाधीन भारत के राष्ट्रपति गणतंत्र दिवस पर अपना संदेश अंग्रेजी में देते हैं। स्वाधीन भारत के प्रधानमंत्री संसद् में अंग्रेजी में बोलते हैं। स्वाधीन भारत की पंचवर्षीय योजनाएँ अंग्रेजी में बनती हैं। स्वाधीन भारत का प्रामाणिक संविधान केवल अंग्रेजी में है। स्वाधीन भारत में मंत्रिमंडल और संसद् की अधिकांश काररवाई अंग्रेजी में ही चलती है। जिन कामों का जनता से सीधा संबंध है, वे सब काम उस भाषा में होते है, जिसे जनता नहीं समझती।

इसीलिए आजादी के 66 साल बाद भी गाँव का एक किसान जब संसद् की दर्शक-दीर्घा में आकर बैठता है तो उसके लिए संसद् का मतलब लाल-पत्थरों और कुछ बड़बड़ाते हुए संसद्-सदस्यों के अलावा कुछ भी नहीं होता। उसने कभी 'हैबियस कारपस रिट' का नाम नहीं सुना। पुलिस की हिरासत में अपनी मुक्ति के लिए आज भी वह उसी तरह गिड़गिड़ाता है, जिस तरह वह आज से 70 साल पहले गुलाम भारत में गिड़गिड़ाता था। आजादी ने उसे क्या दिया? जुबान भी नहीं दी। सरकार, संसद्, पंचवर्षीय योजना, न्याय, शिक्षा—सब उसके लिए जादू-टोना है। गुलामी के दिनों में कम-से-कम राजाओं की अदालतों में होनेवाली उसकी किस्मत के फैसलों को वह समझ तो सकता था। उसकी अपनी जुबान में बहस और फैसले होते थे। आजादी ने उसकी समझ पर भी अंग्रेजी का परदा डाल दिया। उसके जीवन और मरण के सवाल पर अदालत में आज अंग्रेजी में बहस होती है और वह बहरे की तरह खड़े-खड़े बस देखते रहता है। वह गूँगा भी है, क्योंकि अंग्रेजी नहीं बोल सकता। वह उस जुबान में नहीं बोल सकता जिसे 'बड़े लोग' समझते हैं। हिंदुस्तान के आम आदमी को

इस व्यवस्था ने, इस संविधान ने गूंगा और बहरा बना दिया है। जिस देश में व्यवस्था आम आदमी को गूँगा और बहरा बनाती है, वहाँ लोकतंत्र, सच्चा लोकतंत्र कैसे आ सकता है?

देश की व्यवस्था कुछ तथाकथित 'बड़े लोगों' के हाथों में सिकुड़ती गई हैं। व्यवस्था का दूध 'बड़े लोगों' का यह छोटा सा वर्ग पी रहा है। व्यवस्था के लिए, आजादी के लिए खून देनेवाले छोटे-छोटे लोगों का बड़ा वर्ग बाहर खड़ा है और इन दोनों वर्गों के बीच हमारे संविधान ने, शासन ने एक दीवाल खींच रखी है। उस दीवाल का नाम है—अंग्रेजी। जब तक आप इस दीवाल को नहीं फाँदते, आप भी बाहर खड़े-खड़े हाथ मलते रहिए। यह सिर्फ संयोग की ही बात नहीं है कि दूध पीनेवाला वर्ग अंग्रेजी के साथ जुड़ा हुआ है और खून देनेवाला भारतीय भाषाओं के साथ। दूध पीनेवाले अंग्रेजी की हिफाजत करते हैं और अंग्रेजी दूध पीनेवालों को सलामत रखती है।

क्या आपने कभी सोचा कि इस देश में जिन्हें मोटी-मोटी तनख्वाहें मिलती हैं, वे कौन हैं? क्या आपने कभी ध्यान दिया कि रेल की वातानुकूलित प्रथम श्रेणी में यात्राएँ करनेवाले लोग कौन हैं? क्या आपने हवाई जहाज में यात्रा करनेवाले लोगों के बारे में जानकारी निकाली? क्या आप जानते हैं कि देश की शानदार कालोनियों में कौन लोग रहते हैं? ये वे सब लोग हैं, जिन्हें आप अंग्रजीदाँ कह सकते हैं। अंग्रेजी के साथ रुतबा, विशेषाधिकार, आनंद के साधन आदि जुड़े हुए हैं और भारतीय भाषाओं के साथ?

भारतीय भाषाओं के साथ, आम आदमी की जुबान के साथ गरीबी, उत्पीड़न और एक अभिशप्त जीवन जुड़ा हुआ है। इस अभिशप्त जीवन के भागीदार भारत में करोड़ों की संख्या में हैं। वे अपने अभिशापों से उबरना चाहते हैं। उनमें उबरने की क्षमता भी है, लेकिन वे यदि सचमुच उबरने लगें तो क्या होगा? कोहराम मच जाएगा। विशेषाधिकार बँटेगा, धन और धरती बँटेगी, सुविधाएँ बँटेगी, रुतबा बँटेगा। ऐसा होने पर दूध पीनेवाले वर्ग के पास क्या बचा रहेगा? उसमें और आम जनता में क्या फर्क रह जाएगा?

दूध पीनेवाला वर्ग अपनी चीजों को बचाना चाहता है। अपनी चीजों को बचाने का एक तरीका यह भी है कि उन्हें पाने का रास्ता जरा कठिन बना दो। पुराने जमाने में राजा अपने किले की रक्षा कैसे करता था? फौज तो

रखता ही था। साथ में किले को या तो ऊँची पहाड़ी पर बनवाता था या उसके चारों तरफ खाई खुदवा देता था ताकि दुश्मन से जब सामना होगा तब होगा ही, लेकिन पहले तो ऐसी व्यवस्था की जाए कि वह किले के नजदीक ही न फटक सके।

अंग्रेजी की खाई

ये जो दूध पीनेवाला वर्ग है, यह सुविधाओं के किले में पिछले दो सौ सालों से जमा हुआ है। इस किले के चारों तरफ उसने अंग्रेजी की खाई खोद दी है। देश के करोड़ों नौजवान जब इस किले को देखते हैं तो उनका पौरुष हुंकारता है, लेकिन जब वे चारों तरफ अंग्रेजी की भयंकर खाई को देखते हैं तो उनका दिल टूट जाता है। अंग्रेजी के जरिए करोड़ों लोगों को आगे बढ़ने से रोका जाता है। बीच में ही दिल तोड़ दिए जाते है। हर बड़ी नौकरी के लिए, हर बड़ी तनख्वाह के लिए, हर रुतबे के लिए, हर योग्यता के लिए अंग्रेजी पहली शर्त है। इसका नतीजा सीधा-सादा है। जो सुविधा-संपन्न वर्ग है, वह बेहद खर्चीले अंग्रेजी स्कूलों में अपने बच्चों को भेजकर अंग्रेजी का तोतारटंत, नकलची और सुविधाखोर वर्ग तैयार करता है। यह नया वर्ग हर बीस-तीस साल में पुराने वर्ग के स्थान पर आ धमकाता है। वर्ग-हितों की इस धारावाहिकता की रक्षा का बहुत बड़ा श्रेय अंग्रेजी को है।

आजादी के पिछले 66 वर्षों में इस निहित स्वार्थों वाले वर्ग ने संविधान के उन प्रावधानों की भी जान-बूझकर अवहेलना की है जिनके पालन से शायद भारतीय भाषाओं का अधिक प्रचलन होता। वैसे स्वयं संविधान में अंग्रेजी के लिए काफी अनुचित स्थान प्रदान किया गया है। मेरी राय में तो भारत की जनता और उसके प्रतिनिधियों को चाहिए कि संविधान के भाषा संबंधी भाग को फिर से पूरा लिखने की माँग करें और नए भाषा प्रावधान में अंग्रेजी का कहीं नाम तक भी नहीं आए, बल्कि हो सके तो उसमें यह प्रावधान किया जाए कि एंग्लो-इंडियन और विदेशियों के अलावा हिंदुस्तान में जो भी अंग्रेजी का सार्वजनिक प्रयोग करेगा, उसके विरुद्ध कानूनी कार्रवाई की जाएगी। सारे देश के प्रशासन को हिंदी और अन्य क्षेत्रीय भाषाओं के द्वारा जोड़ा जाए। आवश्यक हो तो केंद्र बहुभाषी बने। संघ लोक-सेवा आयोग

की परीक्षाएँ हिंदी एवं अन्य क्षेत्रीय भाषाओं के माध्यम से हों। अंग्रेजी माध्यम के स्कूल-कॉलेजों पर प्रतिबंध लगे।

एक बार अंग्रेजी की दीवाल पूरी तरह से ढही नहीं कि उत्तर और दक्षिण की भाषाएँ एकमेक हुईं। हिंदी का अकड़ू और तमिल का सिकड़ू अपने आप पास-पास आएँगे। उन्हें आपस में बात तो करनी पड़ेगी। पहले को अपनी अकड़ छोड़नी पड़ेगी और दूसरी को अपनी सिकुड़न। आज उत्तर और दक्षिण अंग्रेजी की नकली जमीन पर खड़े होकर बात करते हैं। कल वे अपनी-अपनी जमीन पर खड़े होकर बात करेंगे। अधिक आत्मविश्वास होगा। एक-दूसरे के असली रूप को देख सकेंगे। बात-बात से भी आगे बढ़ेगी। गल-मिलव्वल होगी। दिल से दिल मिलेंगे। एक नया भारत बनेगा।

संविधान से अंग्रेजी के खात्मे का सबसे बड़ा परिणाम यह होगा कि एक छोटे-से-छोटे आदमी का सीना भी चौड़ा होगा। अपनी जुबान के जरिए वह किसी भी बड़े-से-बड़े पद पर पहुँचने की बात कम-से-कम सोच तो सकेगा। यह जरूरी नहीं है कि अंग्रेजी के हट जाने के दूध पीनेवाले और खून देनेवाले लोगों के बीच जो खाई है, वह पूरी तरह से पट जाएगी। वर्गभेद की इस खाई के निर्माण के लिए अंग्रेजी के लिए साथ-साथ कुछ दूसरे तत्त्व भी जिम्मेदार हैं। अंग्रेजी के हटने से इतना तो जरूर होगा कि इस खाई को पाटने का रास्ता खुल जाएगा। और जब एक बार रास्ता खुल जाए, तो मंजिल पर पहुँचना कठिन नहीं रह जाता।

□

‘भाषा ही राष्ट्र, साहित्य और संस्कृति का निर्माण करती है, आदर्शों की सृष्टि करती है। जब तक आपके पास राष्ट्रभाषा नहीं, आपका कोई राष्ट्र भी नहीं।’

—मुंशी प्रेमचंद

अंग्रेजी कैसे हटाएँ

वाराणसी, नागपुर और इंदौर के अंग्रेजी हटाओ सम्मेलन अपूर्व थे। इन सम्मेलनों में देश के विभिन्न कोनों से हजारों प्रतिनिधि आए थे। तमिलनाडु, आंध्र, बंगाल, केरल, उड़ीसा तथा अन्य अहिंदी-भाषी प्रदेशों से भी काफी लोगों ने सम्मेलनों में भाग लिया। भाग लेनेवालों में बुद्धिजीवी, राजनीतिज्ञ, नौजवान, पत्रकार तथा कुछ व्यवसायी भी थे। सम्मेलन की सारी बैठकें और सभाएँ उत्साही नौजवानों से पटी हुई थीं।

वहाँ उपस्थित नौजवानों के अग्निवर्षक भाषणों को सुनकर ऐसा लगता था कि यदि कोई इशारा मिल जाए, तो वे जमीन और आसमान एक कर देंगे। उनमें वह उत्साह और संकल्प दिखाई पड़ रहा था, जो जनक की सभा में लक्ष्मण के मन में जगा था। उनके चुनौती भरे चेहरे रह-रहकर नेतृत्वरूपी राम से आग्रह कर रहे थे कि यदि तुम्हारा संकेत मिल जाए तो हम लोग अंग्रेजी के शिव-धनुष को कुकुरमुत्ते की तरह एक झटके में तोड़कर फेंक दें।

कार्यक्रम

सम्मेलन का राम, वैदेही के राम से अधिक कृतसंकल्प था। उसने इशारा कर ही दिया। सम्मेलन के नेतृत्व ने क्रांतिकारी निर्णय किए और उन्हें बेझिझक सबके सामने प्रकट कर दिए। सारी बहस और निर्णयों का सार तत्त्व यह था कि अंग्रेजी के सार्वजनिक प्रयोग को असभ्यता का चिह्न माना जाना चाहिए और जिस प्रकार किसी भी असभ्यतापूर्ण कृत्य का हम तीखा प्रतिकार करते हैं, उसी प्रकार जहाँ-जहाँ भी अंग्रेजी का सार्वजनिक प्रयोग हो, इस आंदोलन के स्वयंसेवक कड़ी कार्रवाई करें।

इन कार्रवाइयों के अंतर्गत अंग्रेजी माध्यम से पढ़ानेवाले अध्यापकों की कक्षा का बहिष्कार, अंग्रेजी नामपटों को पोतना, अंग्रेजी के प्रतीक-चिह्नों, जैसे—अंग्रेजी अखबारों, टाइपराइटरों, टेलीप्रिंटरों तथा उन व्यापारिक संस्थानों के सामानों की होली जलाना, जो अपनी वस्तुओं पर अंग्रेजी में विक्रय-चिह्न लगाते हैं। सार्वजनिक सभाओं में तथा संसद् और विधान सभाओं में अंग्रेजी बोलनेवाले नेताओं और मंत्रियों का घेराव करना तथा उन शासकीय संस्थानों, अंग्रेजी स्कूलों, लोक सेवा आयोगों और नौकरशाहों के घरों पर धरना देना, जो अंग्रेजी में काम चलाते हैं।

यह तो आंदोलनात्मक पक्ष हुआ। सम्मेलन का एक पक्ष और भी है। उसने अध्यापकों, न्यायाधीशों, व्यापारियों, पत्रकारों और आम जनता से यह अनुरोध किया है कि वे अपने सारे कार्यों में से अंग्रेजी को तत्काल निकाल बाहर करें। प्रत्येक व्यक्ति अपने हस्ताक्षर स्वभाषा में करे। विदेशी भाषा में किए गए हस्ताक्षरों को कानूनी मान्यता न मिले। हस्ताक्षर तो हर आदमी की अपनी पहचान होती है। आपसे बड़ा आपका हस्ताक्षर होता है। बैंकों में आप खुद जाकर 100 रुपए माँगे, बाबू आपको नहीं देगा लेकिन आप चेक पर हस्ताक्षर करके अपने नौकर को भेजें तो उसे एक लाख रुपए भी वही बाबू दे देगा। यदि आप हस्ताक्षर विदेशी भाषा में करते हैं तो विदेशी झंडे (यूनियन जेक) को ही प्रणाम करने में क्या बुराई है? आप राष्ट्र-ध्वज तिरंगे को प्रणाम क्यों करें? आप महात्मा गांधी को राष्ट्रपिता क्यों कहें? विंस्टन चर्चिल को क्यों नहीं कहें? सम्मेलन ने सरकार से आग्रह किया है कि शासकीय कार्यों से वह अंग्रेजी को एकदम बहिष्कृत कर दे। सच पूछा जाए तो यह निवेदन नहीं, एक चेतावनी है। चेतावनी यह है कि यदि आप अंग्रेजी का सार्वजनिक इस्तेमाल फौरन बंद नहीं करेंगे तो हमें वे कदम उठाने पड़ेंगे, जो ऊपर गिनाए गए हैं।

उपरोक्त बातों से यह साफ है कि सम्मेलन ने बजाय इस बात के कि अंग्रेजी क्यों हटाई जाए, इस बात पर बहस चलाई कि अंग्रेजी कैसे हटाई जाए और तत्काल कैसे हटाई जाए? दूसरों शब्दों में सम्मेलन में आए प्रतिनिधियों का यह सुदृढ़ मत था कि अंग्रेजी से तत्काल छुटकारा पाया जाना चाहिए। और इस उद्देश्य की प्राप्ति के लिए उन्होंने बहस करके उक्त कार्यक्रम स्वीकार किया।

सीधी कार्रवाई

जो कार्यक्रम ऊपर बताया गया उसे पढ़कर और देखकर कुछ लोग यह कहते हैं कि आप तोड़-फोड़ और हिंसा में विश्वास करते हैं। आपका रास्ता विध्वंसकारी है, रचनात्मक नहीं है। इस संबंध में मुझे इतना ही कहना है कि मूल रूप से हम तोड़-फोड़ और हिंसा को एक उपयोगी और उचित तरीका नहीं मानते, लेकिन यह देखा जाता है कि कभी-कभी जगाने और सावधान करने के कामों को भ्रमवश तोड़-फोड़ की कार्रवाई समझा जाता है। जैसे पहरेदार के द्वारा रात को लाठी फटकारने की आवाज को लट्ठबाजी समझकर कुछ लोग कभी-कभी नींद से चौंक जाया करते हैं।

इसी प्रकार नामपट आदि पोतना तो लोगों की मदद करना है। यदि नामपट स्वभाषा में होंगे तो ग्राहकों को अधिक सुविधा होगी। लोग जानते भी हैं और मानते भी हैं कि नामपट अंग्रेजी में नहीं होना चाहिए, लेकिन आलस और थोड़े से खर्चे के डर के मारे वे उन्हें बदलते नहीं। ऐसी हालत में यदि स्वयंसेवक कुछ नामपटों को पोत देते हैं, तो उसमें बुरा क्या है? और फिर कुछ नामपटों के पुतने से एक लाभ यह भी होता है कि सारे शहर के नामपट रातोंरात बदल जाते हैं। दूसरे दुकानदारों को भी प्रेरणा मिलती है। इस अभियान में थोड़ी-बहुत टूट-फूट भी हो सकती है, नासमझी के कारण खींचातानी भी हो सकती है। अच्छा हो कि स्वयंसेवक सावधानी से काम करें, क्योंकि हमारा उद्‌देश्य लोगों को कष्ट पहुँचाना नहीं, बल्कि उनकी मदद करना है। उचित तो यह है कि ऐसे अभियानों के पूर्व आंदोलनकारी लोगों को अखबारों, परचों तथा भोंगा-प्रचार के द्वारा अग्रिम सूचना दे दें।

अपनी पूर्व-सूचना में आंदोलनकारी एक काम और भी कर सकते हैं। वह यह कि अंग्रेजी के प्रचलित पदबंधों के दस-बीस हिंदी नमूने बता दें। जैसे 'रामलाल एंड ब्रदर्स' का 'राम बंधु', 'रामा भंडार' आदि। एक तरह के कई नाम होते हैं। अत: बीस-तीस नमूनों से हजारों नामपटों को बदला जा सकेगा। वरना आजकल जल्दबाजी में लोग अंग्रेजी का नाम ज्यों-का-त्यों देवनागरी लिपि में लिख देते हैं। अंग्रेजी को पूरी तरह हटाने के लिए कुछ

दिमागी मेहनत करनी पड़ेगी।

कभी-कभी आंदोलनकारी हर उस चीज को खत्म करने की कोशिश करते हैं, जिस पर अंग्रेजी में कुछ लिखा हो। यह ठीक नहीं। यदि ऐसा करेंगे तो सारी घड़ियों, रेडियो, कलमों तथा दुकानों को नष्ट करना पड़ेगा। यहाँ इस सिद्धांत को ध्यान में रखना है कि हमारा उद्देश्य लोगों को बताना है कि स्वयं जो भी कार्य करें, वह अंग्रेजी में न हो। घड़ियों, रेडियो, मोटरों तथा कलमों पर लोगों की मर्जी से तो अंग्रेजी के नाम वगैरह नहीं खुदते। ये तो कारखानेदारों की गलती से होता है। अतः कारखानेदारों को ही इस काम के लिए जिम्मेदार ठहराना चाहिए। हाँ, लोग नामपट, रसीद, पावती वगैरह पर स्वयं अंग्रेजी में लिखवाते हैं। अतः इन चीजों पर सीधी काररवाई होनी चाहिए। कारखानों पर भी सीधी कार्रवाही करना चाहिए।

जहाँ तक अंग्रेजी की मुद्रक और दूरमुद्रक मशीनों को तोड़ने तथा अंग्रेजी विक्रय-चिह्नों वाली चीजों की होली जलाने का प्रश्न है, अच्छा हो कि स्वयं सेवक स्वेच्छा से उपरोक्त प्रकार का सामान इकट्ठा करें और चौराहों पर 'सांकेतिक' होली जलाएँ। सम्मेलन ने तो यह प्रस्ताव पारित किया है कि उपरोक्त प्रकार का सामान जहाँ भी दिखे, उसे तोड़ें और जलाएँ, लेकिन मैंने 'सांकेतिक' शब्द के लिए विशेष अनुरोध किया है। दूसरों के सामान का नुकसान करके हम उनका दिल नहीं जीत सकते।

इसका मतलब सिर्फ इतना ही है कि वह गंभीर कदम उठाने से पहले हम लोगों को अपना ही सामान फूँककर आगाह तो कर दें ताकि बाद में उनको शिकायत न रहे। इसमें हमें कोई शक नहीं है कि भारत में अंग्रेजी का इस्तेमाल शोषण के हथियार के रूप में किया जा रहा है। और शोषण के विरुद्ध हर तरह से लड़ना हमारा जन्म-सिद्ध अधिकार है। अतः अंग्रेजी को बनाए रखने और चलाए रखने के लिए जितने साधन, जहाँ भी होंगे, उनसे मुक्त होना बेहद जरूरी है। भाषाई मुक्ति का यह संग्राम जितना अहिंसात्मक और जितना अनुशासनपूर्ण होगा, इसे उतनी ही सफलता मिलेगी।

अपनी लगाम खुद सँभालो

स्वभाषा अभियान या अंग्रेजी हटाओ आंदोलन का संगठन आम संगठनों जैसा नहीं है। यह कोई राजनैतिक दल नहीं है, आंदोलन है। यह सत्ताभिमुख नहीं है, जनाभिमुख है। इसका काम सत्ता प्राप्त करना नहीं, जनता को जगाना है (सरकार तो जागेगी ही), इसीलिए आंदोलन के संचालकों की इच्छा है कि स्थानीय समितियों को केंद्रीय आदेशों पर बहुत अधिक अवलंबित नहीं रहना चाहिए। वे स्वतः स्फूर्ति के द्वारा आंदोलन चलाए। चिन्गारी एक जगह से उड़े और दूसरी जगह गिरे। इस तरह भाषायिक स्वतंत्रता की ज्वाला सारे देश में फैल जाए।

सम्मेलन की स्थानीय समितियों को संपूर्ण आंदोलन के छिड़ जाने तक चुप नहीं बैठना है। उनको चाहिए कि केंद्रीय दफ्तर से प्राप्त अंग्रेजी हटाओ साहित्य को लोगों में बाँटें और उस पर सगुण और ठोस बहस चलाए। विचार की ताकत सबसे बड़ी होती है। समिति की ओर से विभिन्न कारखानेदारों, नौकरशाहों, शिक्षकों तथा अन्य लोगों को पत्र लिखे जाना चाहिए, जिनमें समझाइश और चेतावनी दोनों होना चाहिए। आंदोलन को व्यापक बनाने के लिए सभी व्यवसायों के लोगों को उसमें शामिल करना चाहिए।

जनता के समक्ष यह बात स्पष्ट हो जानी चाहिए कि यह आंदोलन किसी राजनैतिक दल की स्वार्थसिद्धि का साधन नहीं है, बल्कि यह राष्ट्रीय आत्मा के पुनर्जागरण और स्वयं को पहचानने के लिए किया गया सांस्कृतिक और आध्यात्मिक प्रयास है। इसका मतलब यह नहीं कि यह आंदोलन राजनैतिक दलों के सहयोग की अपेक्षा नहीं करता। यह आंदोलन देश के सभी संगठित और असंगठित वर्गों का आह्वान करता है कि वे आएँ और गुलामी के गढ़ों को ढहाने में सहयोग प्रदान करें।

बहिष्कार कीजिए

जनता को जगाने के लिए सम्मेलन की समितियाँ आंदोलनात्मक काम तो करेंगी ही, लेकिन जो लोग जागे हुए हैं, उनसे हमारा अनुरोध है कि वे

अपने काम-काज में अंग्रेजी का बहिष्कार जरा पूरे मन से करें। अपने पत्र-व्यवहार, दस्तखत, परिचय-पत्र (विजिटिंग कार्ड) निमंत्रण पत्र आदि तक के मामलों में उन्हें अपनी मातृभाषाओं का प्रयोग सख्ती से करना चाहिए। जो लोग अपने उत्सवों, कार्यक्रमों और शादियों के निमंत्रण-पत्र अंग्रेजी में छपवाते हैं, उनसे निवेदन किया जाए कि वे उन्हें स्वभाषा में छपवाएँ। एक समय ऐसा भी आएगा कि हम उनके कार्यक्रमों के बहिष्कार की घोषणा करेंगे।

जो भाई-बहन शिक्षा के क्षेत्र में हैं, उन्हें अपना अध्यापन कार्य एकदम भारतीय भाषा में शुरू कर देना चाहिए तथा अपनी भाषाओं में पाठ्य-पुस्तकें लिखने और विदेशी भाषा की पुस्तकों का अनुवाद करने की जिम्मेदारी भी लेनी चाहिए। वकील लोग उच्च न्यायालयों में पक्षकार की भाषा में बहस शुरू करें, इससे अंग्रेजी का जादू-टोना खत्म होगा और जनता को न्याय-व्यवस्था की सच्ची प्रतीति होगी। विज्ञान और चिकित्सा के क्षेत्र में भी कुछ लोगों को संकल्प करके आगे बढ़ना होगा अन्यथा आंदोलन का पूरा लाभ नहीं मिलेगा। विश्वविद्यालय में अंग्रेजी यदि भाषा के रूप में पढ़ाई जाए और कुछ लोग उसे स्वेच्छा से ग्रहण करें तो हमें कोई आपत्ति नहीं है, लेकिन वह नौकरी और रुतबे के हथियार के रूप में इस्तेमाल नहीं की जानी चाहिए। जब विदेशी भाषाओं में से केवल अंग्रेजी को पढ़ाया जाता है तो उसके पीछे नौकरी और रुतबे हड़पने की गुपचुप साजिश रहती है, बाहरी ज्ञान से स्पर्श करने की इच्छा नहीं के बराबर होती है। अच्छा हो कि विश्वविद्यालयों में यूरोप, एशिया और अफ्रीका की भाषाएँ भी अच्छे ढंग से पढ़ाई जाएँ। इस बात के लिये स्वयं विश्वविद्यालय के अधिकारियों को सोचना चाहिए, अन्यथा छात्र लोग आंदोलन चलाने के लिए तो स्वंतत्र हैं ही।

सम्मेलन ने प्रादेशिक सरकारों से जोर देकर अनुरोध किया है कि वे अंग्रेजी पुस्तकों के प्रकाशन में राष्ट्रीय धन को बरबाद न करके प्रांतीय भाषाओं में उत्कृष्ट साहित्य का निर्माण करवाएँ। व्यापारी यदि अपने देश में अपने माल की खपत बढ़ाना चाहते हैं तो उन्हें अपनी वस्तुओं पर विक्रय-चिह्नों में प्रादेशिक भाषाओं का इस्तेमाल करना चाहिए तथा विदेशों में खपत

बढ़ाने के लिए उन्हीं देशों की भाषाओं में विक्रय-चिह्न बनाना चाहिए न कि अंग्रेजी में। खरीददार अंग्रेजी चिह्नवाले माल का बहिष्कार कर सकते हैं तथा उन चीजों को खरीदें, जो दूसरे संस्थानों द्वारा भारतीय भाषाओं में अंकित करके बेचे जाते हैं तथा बाजार में सुलभ हैं।

□

जब मैं राष्ट्रपति बनकर यहाँ आया तो हिंदी, उर्दू और गुरुमुखी के अखबार पढ़ने की इच्छा हुई, लेकिन ये अखबार मुझे नहीं मिले। मुझसे यह कहा गया कि राष्ट्रपति भवन में केवल अंग्रेजी के अखबार आते हैं। मुझे बहुत तकलीफ हुई। आजाद भारत में राष्ट्रपति भवन में जब भारतीय भाषाओं का कोई स्थान नहीं तो देश की एकता कैसे रह सकती है?

—पूर्व राष्ट्रपति ज्ञानी जैल सिंह

~*~

भारत में अनेक भाषाएँ बोली जाती हैं। उन भाषाओं के बीच में अंग्रेजी संपर्क भाषा कैसे बन सकती है? क्या दिल्ली का रास्ता लंदन से होकर गुजरता है? अंग्रेजी अलगाव पैदा करती है—जनता और नेता के बीच, राजा और प्रजा के बीच। अंग्रेजी हटेगी तो उत्तर भारत के लोग भी दक्षिण की भाषा सीखेंगे।

—आलफंस वात वेल (हालैंड)

घोषणा

स्वभाषाओं की उपेक्षा और अंग्रेजी की अनिवार्य शिक्षा ने करोड़ों बच्चों को दिमागी तौर पर अपाहिज बना दिया है। चार-पाँच प्रतिशत अंग्रेजीदाँ लोगों ने देश की सारी सुविधाओं पर कब्जा जमा रखा है। करोड़ों गरीब, ग्रामीण, दबे-पिसे लोगों की दुनिया में अँधेरा-ही-अँधेरा है। उन्नति के सारे अवसरों पर यह अंग्रेजीदाँ वर्ग साँप की तरह कुंडली मारे बैठा है। हिंदुस्तान में चल रहा अंग्रेजी का दबदबा समाजवाद और लोकतंत्र की हत्या का औजार है। अंग्रेजी ने आदमी और आदमी के बीच एक खाई बना दी है। अंग्रेजी के जरिए इस देश में एक फूहड़, निकम्मा और नकलची वर्ग तैयार हो रहा है, जो आम जनता से नफरत करता है। अंग्रेजी के जरिए इस देश के एक बहुत बड़े वर्ग को कमजोर और गरीब बनाए रखने और एक छोटे से वर्ग को ताकतवर और अमीर बनाए रखने का ब्रिटिश षड्यंत्र आज भी बड़ी बेशर्मी के साथ चल रहा है। अंग्रेजी का सार्वजनिक प्रयोग आम जनता के विरुद्ध एक आर्थिक, सांस्कृतिक और आध्यात्मिक षड्यंत्र है। अंग्रेजी को हटाए बिना गरीबी हटाई नहीं जा सकती।

स्वभाषा अभियान यानी अंग्रेजी हटाओ आंदोलन इस षड्यंत्र के विरुद्ध हिंदुस्तान के संकल्पशील युवजनों का एक जीता-जागता आंदोलन है। यह किसी परंपरागत विचारधारा या राजनैतिक दल-विशेष का आंदोलन नहीं है, न ही यह अंग्रेजी भाषा और साहित्य के स्वेच्छया अध्ययन-अध्यापन का विरोधी है, बल्कि यह मनुष्य मात्र को उसकी आत्माभिव्यक्ति के अधिकार को दिलाने का आंदोलन है। इसके द्वार सबके लिए खुले हैं। जो चाहे सो आए।

उद्‌देश्य

- अंग्रेजी के स्थान पर सभी भारतीय भाषाओं को प्रतिष्ठित करना।
- भारत के सार्वजनिक जीवन से अंग्रेजी के रुतबे को खत्म करना।
- न्याय, प्रशासन, संसदीय कार्य और शिक्षा के क्षेत्र में अनिवार्य अंग्रेजी के विरुद्ध जोरदार संघर्ष करना।
- एक ऐसे समाज का निर्माण करना, जिसमें छोटे-से-छोटा आदमी भी बड़े-से-बड़े पद पर अपनी भाषा के माध्यम से पहुँच सके।

कार्यक्रम

1. राष्ट्रपति, प्रधानमंत्री, मुख्यमंत्री, मंत्रियों, संसद्-सदस्यों और विधायकों से अनुरोध किया जाए कि वे अंग्रेजी में भाषण न दें। अगर दें तो उनका डटकर विरोध किया जाए। उन्हें काले झंडे दिखाए जाएँ।
2. सरकार से आग्रह किया जाए कि वह अंग्रेजी माध्यम के पब्लिक स्कूलों को बंद करे। उन पर प्रतिबंध लगाए। पब्लिक स्कूलों के विरुद्ध प्रदर्शन किए जाएँ, धरने दिए जाएँ और उनके विरुद्ध जन चेतना जगाई जाए।
3. अंग्रेजी नामपट पोते जाएँ। स्थानीय भाषाएँ उन पर लिखवाई जाएँ।
4. लोगों से अनुरोध किया जाए कि वे अपने कार्यक्रमों के निमंत्रण-पत्र अंग्रेजी में न भेंजे। जिन कार्यक्रमों के निमंत्रण अंग्रेजी में आएँ, उनका बहिष्कार करें।
5. अंग्रेजी की अनिवार्य पढ़ाई के विरुद्ध स्कूलों और कॉलेजों में प्रदर्शनों और धरनों का आयोजन करें।
6. अपना सारा काम-काज अपनी भाषा में करें। हस्ताक्षर तो अपनी भाषा में ही करें। अंग्रेजी पत्रों का जवाब भी अपनी भाषाओं में दें।
7. दुकानदारों और कारखानेदारों से आग्रह किया जाए कि वे अपनी चीजों पर विक्रय-चिह्न अंग्रेजी में अंकित न करें। आगे जाकर अंग्रेजी विक्रय-चिह्न वाली चीजों की होली भी जलाई जा सकती है।

8. दुकानदार अपनी पावती–रसीद आदि क्षेत्रीय भाषाओं में छपाएँ।
9. स्कूलों–कॉलेजों में वाद–विवाद प्रतियोगिताओं के विषय ऐसे रखवाए जाएँ, जिनसे लोकभाषाओं का महत्त्व स्थापित हो और अंग्रेजी के षड्यंत्र का भंडाफोड़ हो।
10. अपने–अपने क्षेत्र में स्वभाषा अभियान के कार्यक्रमों और नारों के दीवाल पर परचे चिपकाएँ। अंग्रेजी हटाओ साहित्य छपाएँ, बेचें और बाँटें।
11. अपनी बोलचाल में अंग्रेजी शब्दों का अनावश्यक प्रयोग न करें। अपनी मातृभाषा में अन्य भारतीय भाषाओं के शब्दों को लाने का प्रयत्न करें।

अपने हस्ताक्षर अपनी भाषा में करें

आपके हस्ताक्षर आपकी पहचान होते हैं। उन्हें आप विदेशी भाषा में क्यों करें?

1. क्या आप तिरंगे की जगह ब्रिटेन के ध्वज 'यूनियन जैक' को प्रणाम करते हैं?
2. क्या आप महात्मा गांधी की जगह विंस्टन चर्चिल को अपना राष्ट्रपिता कहते हैं?

तो फिर आप अपने हस्ताक्षर अंग्रेजी में क्यों करते हैं?

आप आज ही जाइए और बैंक में तथा अपने सभी कानूनी दस्तावेजों में अपने दस्तखत बदलवाकर अपनी भाषा में करवाइए। अपने बच्चों, रिश्तेदारों और मित्रों को भी प्रेरणा दीजिए।

भारतीय भाषा सम्मेलन का संकल्प है कि वह दस करोड़ भारतीयों से उनके अंग्रेजी हस्ताक्षरों को बदलवाकर स्वभाषा में करवाएगा।

कृपया अपने हस्ताक्षर स्वभाषा में करने की सूचना 'स्वभाषालाओ@जीमेल.कॉम' (swabhashalao@gmail.com) पर दें।

डॉ. वेदप्रताप वैदिक

डॉ. वेदप्रताप वैदिक की गणना उन राष्ट्रीय अग्रदूतों में होती है, जिन्होंने हिंदी को मौलिक चिंतन की भाषा बनाया और भारतीय भाषाओं को उनका उचित स्थान दिलवाने के लिए सतत संघर्ष और त्याग किया।

पत्रकारिता, राजनीतिक चिंतन, अंतरराष्ट्रीय राजनीति, हिंदी के लिए अपूर्व संघर्ष, विश्व यायावरी, प्रभावशाली वक्तृत्व, संगठन-कौशल आदि अनेक क्षेत्रों में एक साथ मूर्धन्यता प्रदर्शित करनेवाले अद्बितीय व्यक्तित्व के धनी डॉ. वेदप्रताप वैदिक का जन्म 30 दिसंबर, 1944 को पौष की पूर्णिमा को इंदौर में हुआ। वे सदा प्रथम श्रेणी के छात्र रहे। वे रूसी, फारसी, जर्मन और संस्कृत के भी जानकार थे। वैदिकजी ने जवाहरलाल नेहरू विश्वविद्यालय के 'स्कूल ऑफ इंटरनेशनल स्टडीज' से अंतरराष्ट्रीय राजनीति में पी-एच.डी. की उपाधि प्राप्त की। वे भारत के ऐसे पहले विद्वान् हैं, जिन्होंने अंतरराष्ट्रीय राजनीति का शोध-ग्रंथ हिंदी में लिखा। उनका निष्कासन हुआ। वह राष्ट्रीय मुद्दा बना। 1965-67 में संसद् हिल गई।

डॉ. राममनोहर लोहिया, मधु लिमये, आचार्य कृपलानी, इंदिरा गांधी, गुरु गोलवलकर, दीनदयाल उपाध्याय, अटल बिहारी वाजपेयी, चंद्रशेखर, हिरेन मुखर्जी, हेम बरूआ, भागवत झा आजाद, प्रकाशवीर शास्त्री, किशन पटनायक, डॉ. जाकिर हुसैन, रामधारी सिंह 'दिनकर', डॉ. धर्मवीर भारती, डॉ. हरिवंशराय बच्चन, प्रो. सिद्धेश्वर प्रसाद जैसे लोगों ने वैदिकजी का डटकर समर्थन किया। सभी दलों के समर्थन से वैदिकजी ने विजय प्राप्त की, नया इतिहास रचा।

पहली बार उच्च शोध के लिए भारतीय भाषाओं के द्वार खुले।

वैदिकजी ने अपनी पहली जेल-यात्रा 13 वर्ष की आयु में की थी। हिंदी सत्याग्रही के तौर पर वे 1957 में पटियाला जेल में रहे। बाद में छात्र नेता और भाषायी आंदोलनकारी के तौर पर कई जेल यात्राएँ! भारत में चलनेवाले अनेक प्रचंड जन-आंदोलनों के सूत्रधार! अनेक राष्ट्रीय और अंतरराष्ट्रीय सम्मेलनों का आयोजन! राष्ट्रीय राजनीति और भारतीय विदेश नीति के क्षेत्र में सक्रिय भूमिका! कई विदेशी और भारतीय प्रधानमंत्रियों के व्यक्तिगत मित्र और अनौपचारिक सलाहकार। लगभग 80 देशों की कूटनीतिक और अकादमिक यात्राएँ। 1999 में संयुक्त राष्ट्र संघ में भारत का प्रतिनिधित्व! इसी वर्ष विस्कोन्सिन यूनिवर्सिटी द्वारा आयोजित दक्षिण एशियाई विश्व-सम्मेलन का उद्घाटन!

पिछले 60 वर्षों में हजारों लेख और भाषण! वे लगभग 10 वर्षों तक पी.टी.आई. भाषा (हिंदी समाचार समिति) के संस्थापक-संपादक और उसके पहले नवभारत टाइम्स के संपादक (विचार) रहे हैं। राष्ट्रीय समाचार-पत्रों और विदेशों के लगभग 200 समाचार-पत्रों में भारतीय राजनीति और अंतरराष्ट्रीय राजनीति पर उनके लेख हर सप्ताह प्रकाशित होते रहे।

छात्र-काल में उनके वक्तृत्व कौशल हेतु अनेक अखिल भारतीय पुरस्कार। भारतीय और विदेशी विश्वविद्यालयों में विशेष व्याख्यान। अनेक अंतरराष्ट्रीय सम्मेलनों में भारत का प्रतिनिधित्व। आकाशवाणी और विभिन्न टी.वी. चैनलों पर 1962 से अब तक अगणित कार्यक्रम। अंतरराष्ट्रीय संबंध, आंतरिक सुरक्षा, विदेश नीति और भाषा को लेकर अनेक पुस्तकों का लेखन, जो खूब लोकप्रिय हुईं।

अनेक राष्ट्रीय और अंतरराष्ट्रीय पुरस्कारों और सम्मानों से विभूषित! विश्व हिंदी सम्मान (2003), महात्मा गांधी सम्मान (2008), दिनकर शिखर सम्मान, पुरुषोत्तम दास टंडन स्वर्ण-पदक, गोविंद वल्लभ पंत पुरस्कार, हिंदी अकादमी सम्मान, लोहिया सम्मान, काबुल विश्वविद्यालय पुरस्कार, मीडिया इंडिया सम्मान, लाला लाजपतराय सम्मान आदि। अनेक न्यासों, संस्थाओं और संगठनों में सक्रिय रहे।

स्मृतिशेष : 15 मार्च, 2023

स्वभाषा प्रेम के विषय में मूर्धन्य महानुभावों के विचार

मेरी आँखें उस दिन को देखने के लिए तरस रही हैं, जब कश्मीर से कन्याकुमारी तक सब भारतीय एक ही भाषा को समझने और बोलने लगेंगे।

—महर्षि दयानंद सरस्वती

यदि मैं तानाशाह होता तो आज ही विदेशी भाषा में शिक्षा दिया जाना बंद कर देता। सारे अध्यापकों को स्वदेशी भाषाएँ अपनाने को मजबूर कर देता। जो आनाकानी करते उन्हें बरखास्त कर देता।

—मोहनदास करमचंद गांधी

मेरी समझ में वे लोग बेवकूफ हैं, जो अंग्रेजी के चलते हुए समाजवाद कायम करना चाहते हैं। वे भी बेवकूफ हैं, जो समझते हैं कि अंग्रेजी के रहते हुए जनतंत्र भी आ सकता है। थोड़े से लोग इस अंग्रेजी के जादू द्वारा करोड़ों को धोखा देते रहेंगे।

—डॉ. राममनोहर लोहिया

आज देश की दुर्दशा यह है कि अंग्रेजी प्रमुख भाषा बन बैठी है और हमारी सब भाषाएँ गौण बनी हुई हैं। इसे बदलना होगा। यदि हम समझते हैं कि हम स्वतंत्र राष्ट्र हैं तो हमें अंग्रेजी के स्थान पर स्वभाषा लानी होगी।

—माधवराव सदाशिवराव गोलवलकर

भारत में भारतीय भाषाओं की सार्वजनिक प्रतिष्ठा के लिए 'अंग्रेजी हटाओ आंदोलन' उतना ही आवश्यक और तर्कसम्मत है, जितना कि स्वातंत्र्य-पूर्व युग में स्वदेशी की प्रतिष्ठा के लिए विदेशी वस्त्रों की होली जलाना!

—डॉ. धर्मवीर भारती